孩子们必读的诺贝尔文学经典

阿 恩

【挪】B.比昂松◎著　路云芳◎译

·比昂松卷·

北京联合出版公司
Beijing United Publishing Co.,Ltd.

图书在版编目（CIP）数据

阿恩 /（挪）比昂松著；路云芳译. -- 北京：北京联合出版公司，2015.2（2023.2重印）
（孩子们必读的诺贝尔文学经典）
ISBN 978-7-5502-4473-3

Ⅰ.①阿… Ⅱ.①比… ②路… Ⅲ.①长篇小说－挪威－现代 Ⅳ.①I533.45

中国版本图书馆CIP数据核字（2015）第010840号

阿恩

作　者：（挪）比昂松/著；路云芳/译
选题策划：王成国　郎爱民
责任编辑：王　巍
封面设计：尚世视觉
版式设计：许　可

北京联合出版公司出版
（北京市西城区德外大街83号楼9层　100088）
福州俊丰彩印有限公司　新华书店经销
字数100千字　650毫米×950毫米　1/16　9.5印张
2015年2月第1版　2023年2月第2次印刷
ISBN 978-7-5502-4473-3
定价：20.00元

未经许可，不得以任何方式复制或抄袭本书部分或全部内容。
版权所有，侵权必究。
本书若有质量问题，请与本公司图书销售中心联系调换。
电话：010-64243832　4006586676

目录
Contents

1. 悬崖如何变得郁郁葱葱 / 1
2. 多云的黎明 / 5
3. 与老情人的相遇 / 15
4. 无须悲伤的死亡 / 25
5. 心中的一首歌 / 33
6. 匪夷所思的故事 / 40
7. 谷仓里的独白 / 48
8. 水上的阴影 / 54
9. 采坚果聚会 / 63
10. 松开风向标 / 78
11. 伊莱生病了 / 91
12. 瞥见春天 / 100
13. 玛吉特向牧师咨询 / 108
14. 找到丢失的歌曲 / 118
15. 某个人未来的家 / 127
16. 双重婚礼 / 143

1. 悬崖如何变得郁郁葱葱

在两座悬崖之间坐落着一条深谷，一条溪流越过岩石或崎岖的道路急促地从峡谷穿流而过。这条深谷既高又陡峭，除了山脚处，两面都是光秃秃的。而山脚处簇拥着浓密的新长成的森林。这些树木紧挨着小溪，从而春天和秋天都能在树叶上看到水面升起的薄雾。这些树木耸立着，向上并向前探着头，但哪儿也去不了。

"咱们给悬崖穿上外衣怎么样？"一天杜松对站在旁边的外国橡树说道。橡树低头想要看看是谁在说话，然后又向上看了看，却没说一句话。溪流汹涌地奔流着，好似一条白色的带子。北风呼啸过深谷，在裂缝处发出刺耳的叫声。光秃的悬崖沉重地耸立着，日感寒意。"我们给悬崖穿上外衣怎么样？"杜松对站在自己另一边的杉树说道。"呃，如果别人不打算这么做，我想就由咱们来做吧。"杉树一边回答，一边抚摸着胡子。"您觉得呢？"他补充着，抬眼看着桦树。"咱们以上帝的名义给他穿上外衣吧。"桦树答道，同时害羞地看向悬崖。而在悬崖的笼罩下，她感到自己似乎没法呼吸了。这样，虽然只有他们三个，但是他们都同意为悬崖做件外衣。其中杜松是第一人。

在走了一段路后，他们遇到了欧石楠。杜松好像原打算只当她是一个路人。"不，咱们也带上欧石楠吧。"杉树说。所以欧石楠也加入了这个队伍。很快杜松开始下滑。"抓紧我。"欧石楠说。杜松照做了。当只有一个小缝隙的时候，欧石楠用一个手指抓牢，而杜松却需要用一只手来抓牢。他们就这样匍匐着、攀登着。杉树和桦树远远落在后面。"这是个行善的活儿。"桦树说。

但是悬崖开始思考就这样爬上来的这些小东西要做什么。而且当他用数百年的时间考虑这件事时，他派出了小溪来做督察。小溪其实只是春天才会有的洪水。他汹涌着前进，直到遇到欧石楠。"亲爱的欧石楠，难道你就不能让我过去吗？我就是条小溪。"他说道。而欧石楠正在忙，只稍稍抬了下头，就继续工作了。小溪从她身下滑过，就继续向前了。"亲爱的杜松，难道你就不能让我过去吗？我就是条小溪。"他又说道。杜松以犀利的眼神看了他一眼，但是因为欧石楠已经让他过去了，他想自己也不妨顺水推舟。小溪从他身下流过，一路前进着，直到遇到杉树站在裂缝上喘着气。"亲爱的杉树，难道你就不能让我过去吗？我就是条小溪。"他说道，轻轻地亲吻着杉树的脚。杉树有点不好意思，就让他过去了。但是还没等小溪开口，桦树就让他过去了。"哈——哈——哈"小溪大笑着，变得越来越大。"哈-哈-哈"，小溪又笑着，将裂缝上的欧石楠、杜松、杉树和桦树推得忽前忽后，忽上忽下，只好停下了前进的脚步。在之后的数百年里，悬崖耸立在那儿，思考那天自己是不是也是面带笑意。

显然，悬崖并不希望给自己穿上外衣。所以欧石楠感到非常伤心，又振奋起来，继续自己的行程。"没关系，要有勇气！"欧石楠这样说着。

杜松坐起来看了看欧石楠，最后也站起来了。他挠了会儿头，然后也继续自己的行程了。他抓得特别紧，自己都认为悬崖不会感觉不到自己的力量。如果你不收留我，那么就让我来收留你吧。杉树弯了弯脚趾，想要感觉它们还是不是完整的，抬起一只脚，发现还不错。然后是另一只脚，也还不错，紧接着是双脚。他先看了看自己走过的路，然后又看了看自己现在所在的地方，最后又看了看自己要去的地方。然后他就迈开大步往前走，好像自己从来没有摔倒过。桦树之前被浇得浑身湿漉漉的，但是现在她站了起来，把自己弄干净了。他们就这样快速行进着，向前、向上、向侧面，顶着烈日、淋着暴雨。"但是这到底是什么呀?"悬崖说。当夏日的阳光开始照耀时,露珠在闪闪发光、百鸟在歌唱、林姬鼠在吱吱叫、野兔在奔跑、鼬鼠躲在树林里尖叫。

然后终于有一天,欧石楠隐约看见了悬崖的边缘。"哦,我的天呀!"她一边说着,一边走上前去。"欧石楠到底看到了什么,亲爱的?"杜松一边说,一边往前走,直到自己也能隐约看见悬崖的边缘。"哦,我的天呀!"他一边说着,一边走上前去。"杜松今天怎么了?"杉树一边说,一边在烈日下迈着大步。很快他也能踮着脚隐约看见了。"啊!"——他的每一个枝丫、每一根刺都因惊讶而倒立。他继续大步往前走,就这样走向前去。"他们看见了什么我没看见的东西?"桦树托起自己的裙摆,轻快地向前走去。"啊!"她说着,高仰着头,"杉树和欧石楠、杜松和桦树,一整片森林在平原上等待着我们呢。"她的枝叶在阳光下颤抖着,直到露珠落下来。"马上就到了。"杜松说道。

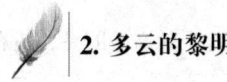 **2. 多云的黎明**

阿恩就出生在这片山间平原。

他的妈妈是玛吉特,坎本农场唯一的孩子。十八岁时,有一次她在舞会上待的时间太长,和她结伴而来的朋友都已经回去了,而她觉得不管自己是不是会待到下一场舞会,回家的路都会是一样的。所以实际情况是,当小提琴手兼裁缝师尼尔斯放下自己的小提琴让别人拉奏时,玛吉特还坐在那儿。他然后带着最漂亮的女孩去跳舞,他的每一个舞步都和着音乐的节拍。同时他用靴跟踢掉了舞会上长得最高的那个人的帽子。"哦!"他说。

当玛吉特那天晚上走着回家时,她看到月光异常美丽地在雪上跳着舞。而且当她进到自己卧室的时候,她觉得自己必须再向外看看它们。她脱掉了自己的紧身上衣,手拿着衣服站在那儿。然后她感到冷得刺骨,就快速地脱掉衣服,钻到皮被子里。那天晚上,她梦到一头红色的大牛误入到玉米地里。她想把它赶走,但是不管她怎么努力,她都没法动一步。而那头牛静静地站在那儿,一直吃到肚子滚圆才满意,期间还时不时地用它那大而温柔的眼睛抬头看看她。

不久教区举行了一次舞会,玛吉特也去了。那天晚上,她就坐在那儿听音乐,几乎并不关心跳舞。而且令她高兴的是,还有一个人跟她一样也不关心跳舞。但是当夜深后,小提琴手兼裁缝师尼尔斯站了起来,想要去跳舞。他直接走上前来,握住了玛吉特的手。在她还没意识到自己在做什么的时候,尼尔斯就和她滑入了舞池。

很快天气变暖,也就再没什么舞会了。那年春天,玛吉特十分关心一只生病的小羊羔,连她妈妈都认为她这么做有点蠢。"要知道,它就是只小羊羔。"妈妈说。"但是它生病了。"玛吉特答道。

玛吉特有很长时间都不去做礼拜。"总得有人待在家里呀!"她经常这么说,而且她宁愿让妈妈去做礼拜。但是,仲夏的一个周日,"天气似乎真的很好,干草也不妨就这么放着吧。"妈妈说。妈妈想这次两个人可以一块去了。玛吉特没理由推迟,所以去换了衣服。但是当她们走到能听到教堂钟声的地方时,玛吉特突然大哭了起来。妈妈的脸色变得异常苍白，但是她们继续朝着教堂走去。她们听了牧师的布道和祈祷，唱完所有的赞美诗，等教堂的钟声消逝后才离开。但是当她们再次坐到家里时，妈妈手捧着玛吉特的脸颊，说："不要再对我有所隐瞒了，我的孩子！"

当冬天再次到来时，玛吉特再也没去跳舞。但是裁缝师尼尔斯却比以前弹奏得更多，喝得也更多了。而且每次都是和聚会上最漂亮的女孩跳舞。当时人们说，如果尼尔斯要选的话，他实际上可以让教区里任何一个一等一的女孩成为自己的妻子。一些人甚至说，伊莱·伯恩曾经主动为自己的女儿做媒，而他女儿波吉特也早已经爱上了尼尔斯。

但是就在那时，在坎本出生的一个婴孩接受了洗礼，并被赐予了"阿恩"这个名字。人们说裁缝师尼尔斯是这个婴孩的父亲。

就在那天晚上，尼尔斯参加了一场大型的婚宴。在那儿，他喝醉了。他没有拉奏小提琴，而是在不停地跳舞，似乎他无法忍受舞池中除了他还有别人。但是当他邀请波吉特·伯恩跳舞的时候，她拒绝了。他勉强地笑了笑，踮起脚尖，转身去邀请离他最近的女孩。她是个又小、又黑的女孩，之前一直坐着在仰视他。但是当他向她发出邀请的时候，她脸色变得十分苍白，同时往后退。他向下注视着，轻轻地向她靠拢，同时小声说："难道你不要和我跳支舞吗，卡丽？"她没有回答。他又问了一遍，然后她小声答复说："那支舞蹈可能超出了我的预想。"他慢慢向后退，但当他走到房间中间位置时,他快速地转身,跳起了哈利舞①,而这时其他人都在默默注视着他。

然后,他走进了谷仓,躺下,哭了起来。

玛吉特和阿恩待在家里。当她听说尼尔斯如何从一个舞会转向下一个舞会时,她看着孩子哭了起来。但是当她再次注视孩子的时候,她又很高兴。她教给孩子说的第一个词是"爸爸"。但是在妈妈或者她现在所说的"奶奶"在场时,她可不敢说这个。所以有时候小家伙会突然喊奶奶"爸爸"。玛吉特费力地想要阻止他,同时也开始考虑他的事情。当阿恩得知自己的爸爸是裁缝师尼尔斯时,他还只是个孩子。而且当他到了喜欢奇怪、浪漫事物的年纪,他也知道了尼尔斯是怎么样一个人。但是奶奶连提他的名字都是严格禁止的。她的心思只在如何扩张坎本,让它成为只属于他们的财产。所以那时候玛吉特和小男孩是独立的。她利用地主的贫穷潦倒买了那块地,每年支付一部分贷款,而且像男人一样地管理自己的农场。因为她已经当了十四年的寡妇。在她的精心呵护下,坎本在不断地扩大,直到能养下四头牛、十六只羊,并和别人合养了一匹马。

同时,裁缝师尼尔斯继续在教区工作,但是比以前要清闲得多。一方面因为他不太关心自己的事业,另一方面因为他不太像以前那样受到人们的喜爱。然后他开始更多地在聚会上拉奏小提

---

① 哈利舞是挪威的一种民族传统舞蹈。

琴,这使他更有机会喝酒,以及应付随之而来的打斗和惨淡的日子。

阿恩六岁时的一个冬日,他在床上玩,把被子叠成船帆,坐着用勺子来掌舵。奶奶坐在屋里一边纺纱,一边想着自己的心事,并时不时地点点头,似乎在肯定自己得出的结论。这时男孩知道,奶奶的心思不在自己身上。所以他开始像妈妈所教的那样唱一首有关裁缝师尼尔斯的温柔又粗野的歌:

除非你是昨天才来到这里,否则你一定听说过裁缝师尼尔斯的名气。

除非你是今天早晨才加入到我们之中,否则一定已经听说过他是如何扳倒高大的约翰·克努森·克尔斯特。

在那场人尽皆知的谷仓搏斗中,他如何对欧拉·斯托尔·约翰说:"下次咱们再打架的时候,你得吃饱才行。"

那场打斗的帮凶布格也是个有名的人物:他的名字在方圆的峡湾、沼泽和沿海地区远近皆知。

"现在,你这个裁缝,选个地方吧,我要把你放倒。然后我会在那儿吐唾沫,并放上你的皇冠。"

"啊,就离这么近,我也能感觉到你的气息,我的仆人:你的吹嘘吓不住任何人,想都别想。"

第一轮很糟糕,双方都没能打到对方。但是他们都坚守自己的位置，站稳了腿脚。

第二轮时，可怜的布格被打得鼻青脸肿。"小布格，你累了吗？有你好受的。"

第三轮时，布格倒在地上，血流成河。"现在，布格，你还想怎么吹嘘？""我今天太倒霉了。"

这就是男孩所唱的内容，但是有两段歌词妈妈从来没有教过他。奶奶十分熟悉最后两段。即使男孩没有唱出来，奶奶仍然记得很清楚。但是奶奶什么也没对男孩说，却对妈妈说："如果你觉得教会他前几段歌词有意义的话，别忘了把最后的也教给他。"

裁缝师尼尔斯因喝酒变得颓废不堪，和以前比是判若两人。人们开始议论，他很快会成为一个十足的废人。

大约在那时候，附近要庆祝一场婚礼。而两个美国人正在附近游玩，因为想要了解该国的习俗，所以他们也来亲自见证这场婚礼。尼尔斯拉起了他的小提琴，而这两位先生每个人给了他一美元。然后他们想看哈利舞表演。但是却没人走上前去跳，有几个人祈求尼尔斯去跳。"毕竟，他跳的哈利舞最好。"他们说。尼尔斯拒绝了。但是这些人更加急切地恳求着，最后整个屋子的人都加入到这个行列中。而这正是尼尔斯想要的。这时，他立即把小提琴给了另一个人，脱掉夹克衫，摘掉帽子，微笑着步入舞池。人们都聚拢过来，正如尼尔斯以前受欢迎时的样子。而这又使他重拾起自己以前的力量。他们紧紧地聚拢到一起，而那些离得最远的人就只能站在桌子和长凳上观看。其中有几个女孩比别人站得都高，而站在最前面的那个高挑女孩就是波吉特。她有着深褐色的头发，蓝色的眼睛深陷在高高的额头下，薄薄的嘴唇在微笑时微微向两边翘起。尼尔斯向上看横梁的时候瞥见了她。音乐响了起来，之后是长长的寂静，然后他才跳了起来。他蹲坐在地板上，跟着音乐终于从地板的一侧跳了起来。从一边悬到另一边，并连续几次地蜷腿和伸展。随后又跳了起来，就那样站着，似乎要单腿跳起来，但却没有这么做，又开始像以前一样的向一侧跳了起来。小提琴在熟练地演奏着，曲调变得越来越欢快、令人兴奋。尼尔斯慢慢地将脑袋向后仰，然后突然踢向横梁，这时人们的头上落满了屋顶的灰尘。他们围着他大笑着、高喊着，而女孩们站在那儿，几乎都无法呼吸了。小提琴的乐声高过了人们的嘈杂声，以更加狂野的音符刺激着他的灵魂，而他对此也不再抗拒。他向前弯腰，随着音乐的节拍跳了起来，接着站起来似乎要继续跳下去，但是却像以前一样从一边挂到另一边。而当人们觉得他似乎不可能跳起的时候，他却跳了起来，并一再地踢向横梁。接下来他做的是前空翻和后空翻，并且每次都能既稳又直地落到地面。然后他突然离开了，而音乐在经过几个狂野的变化后在一个悠长且低沉的低音音符中渐渐消失了。人群散去了，而寂静之后是人们之间低沉却愉快的交谈。尼尔斯靠墙站着，而那两名美国绅士在翻译的陪同下走上前去，每人给了他五美元。随后又是寂静一片。

那两个美国人跟翻译说了几句话，而后者问尼尔斯是否愿意做他们的仆人，跟他们走。"要去哪儿？"尼尔斯问道，这时越来越多的人聚拢过来。"去闯世界。"答道。"啥时候？"尼尔斯一边问，一边高兴地看着周围的人。他的眼睛盯上波吉特·伯恩后就再也没挪开。"他们一周后回到这儿。"翻译答道。"哦，好呀，那时可能我也准备好了。"尼尔斯说。掂量着他的十美元，他开始颤抖起来，使得用肩膀撑着他一个胳膊的人不得不让他坐下来。

"哦，没事。"他答道，同时蹒跚着走过舞池，然后步履开始稳定了。这时他转过身来，要开始跳舞。

女孩子们站在整个圈子的最前面。他慢慢地四处看着，然后径直走向一个穿着黑裙的女孩：波吉特·伯恩。他伸出自己的一只手，波吉特伸出了双手；但是他笑着把手抽了回来，带着一个站在附近的女孩，高兴地开始跳起来。波吉特的脸颊和脖子窘成了深红色。过了一会儿，站在波吉特后面的一个高挑、看起来很温和的男士牵着她的手，紧跟着尼尔斯跳了起来。尼尔斯看到他们在跳舞，不知道是不是故意的，重重地撞向他们。这样他们俩都摔到了地上。四周响起了呼喊声和笑声。波吉特站了起来，走到了房间的一边，悲痛地哭了起来。

波吉特的舞伴也慢慢地站了起来，径直走向还在跳舞的尼尔斯。"你得停会儿了。"他说。尼尔斯好像没听见，所以那个男士抓住了他的胳膊。尼尔斯甩开了那只手，微笑地看着他，说：

"我不认识你。"

"可能不认识吧,但是现在我会让你知道我是谁。"那个男士说着,一拳打到了尼尔斯的眼睛上。尼尔斯没想到他会这样,重重地撞向了壁炉锋利的边缘。他努力地站起来,但是怎么也站不起来:他的脊椎断了。

坎本也在发生着变化。岁月使得奶奶变得更加的虚弱。而且她也感觉到自己的体力越来越不行,所以更加努力地攒钱来偿还农场剩下的债务。"这样你和孩子就能舒服地生活了。"她过去经常这样跟玛吉特说。"而且要小心,如果你让谁毁掉了这个农场,就算我死了也不会安心的。"在收获季节,她满心欢喜地带着欠上一个农场主的钱走进了他的家。当她又能坐到家里的走廊里时,她感到无比的兴奋,因为她终于可以说"一切都结束了,债终于还清了"。但是就在这时候,病魔紧紧地抓住了她。她立即躺在床上,但再也没能起来。玛吉特把她葬在了教堂墓地,并立一块墓碑,上面刻着她的名字和年龄,以及金吾的一节赞美诗。葬礼后的两星期,玛吉特把自己的黑色礼拜日礼服为小男孩改做了一套衣服。当男孩穿上这身衣服,他变得和奶奶一样的严肃。他很满意,拿起了奶奶每周日都要读和唱的那本满是夹子和大字的书。他把书打开,然后发现了奶奶的眼镜。当奶奶健在的时候是不允许他碰眼镜的。现在他忐忑地将眼镜拿起来,戴到鼻子上,然后低头看书。一切变得模糊起来。"这太奇怪了,"他心里想,"奶奶竟然能通过它们读到上帝的话!"他背对着光将眼镜举了起来，想要知道这到底是怎么回事。而这时，眼镜摔到了地上，碎成了二十片。

他很是惊恐，这时门开了，他感觉好像是奶奶走了进来。但是进来的是妈妈，后面跟着六个男人。这些人踏着重重的脚步把一副担架放在了房间的中央。他们走后，门还是开着，很快房间里到处都是深深的凉意。

担架上躺着一个有着苍白脸色和黑头发的男人。妈妈一边走来走去，一边抽泣着。"把他放床上时小心点。"她恳求着，动手帮他们。但是当人们抬那个人的时候，把某个东西碾碎了。"啊，那是奶奶的眼镜。"男孩心里想，但什么也没说。

3. 与老情人的相遇

正如之前所说的,这是一个收获的季节。就在尼尔斯被抬进玛吉特·坎本家的一周后,那两个美国绅士捎话来,让他准备好和他们一起出发。而这时尼尔斯正因疼痛的袭击而在床上翻滚着。他咬紧牙关,大喊道:"让他们见鬼去吧。"玛吉特站在那儿,一动不动,似乎没有听到他的话。他注意到这点,过了会儿,缓慢又微弱地重复道:"让他们——走吧。"

当冬天到来的时候,他恢复得已经能站起来了,虽然他的身体不可能完全复原。站起来的第一天,他拿起自己的小提琴开始拉奏,但是这使他很兴奋,以至于不得不再次卧床休息。他不怎么说话，但却温和又善良。而且他很快和阿恩一起看书，紧接着开始了工作。但是他却不出门，也不和那些来看望他的人说话。起初玛吉特会把教会所发生的事讲给他听，但却使他变得很沮丧，所以之后她就再也没讲这方面的事。

当春天到来的时候，晚饭后把阿恩送上床后，他会和玛吉特坐着长谈。当春天还没结束的时候，他们发表了自己的结婚预告，然后悄悄地结婚了。

他开始经营农场，管理得精明而沉稳。玛吉特对阿恩说："你爸爸既和蔼可亲又勤奋。那么你必须要听话，要对他好，要好好表现呀！"

玛吉特一直有着自己的困扰：自己长得又矮又胖。她有着红红的脸颊、大大的眼睛，周围的黑圈把眼睛衬得更大。厚嘴唇和圆脸蛋使得她看起来健康又结实，虽然她实际上并没多少劲。现在她比以前任何时候都有精神。她一边工作，一边唱歌，正如她之前一样。

一个星期天的下午，爸爸和儿子一起去田地里看庄稼的长势情况。阿恩欢快地跑跳着，同时用爸爸给他做的弓箭射击。然后他们朝着通往教堂，一直到称作大峡谷的道路径直走去。当他们到那儿后，尼尔斯坐在一块石头上，陷入了沉思。而阿恩继续一边跑，一边朝着教堂的方向射击。"别跑得太远了。"尼尔斯说。正当阿恩玩得高兴的时候，他停了下来，仔细听着，然后高喊道："爸爸，我听到音乐了。"尼尔斯也在听。他们听到了小提琴的声音，虽然这声音有时候会淹没在人们嘈杂的喊叫声中。但是在这之外，他们听到的是车轮的嘎嘎声和马蹄的践踏声：这是刚刚从教堂出来要回家的新婚队伍。"快来，孩子。"爸爸以男孩感觉必须服从的语气说着。爸爸快速站了起来，很快藏到了一棵大树的后面。阿恩也学着爸爸的样子，但爸爸说："别藏这儿，去那边。"然后男孩就跑着藏在了一片榆树丛的后面。马车群已经转弯到了桦树林，马车以欢快的速度飞驰着。而那些喝醉的人在大喊大叫。爸爸和阿恩一辆辆地数着马车，一共是十四辆。第一辆马车上坐着两个小提琴手，而婚礼的曲调欢快地传入晴空。一个小伙子站在后面驾驶。第二辆马车上坐着新娘子，她的皇冠和装饰在阳光下闪闪发光。新娘长得很高，微笑时嘴角向上翘。在她旁边坐的是一个长相温和的男士，身穿蓝色礼服。随后是其他的马车，男人们坐在女人的大腿上，紧接着的是男孩乘坐的马车，醉汉们六人一伙地坐在一辆一匹马的马车上。最后的马车上坐着的是宴会的主办人，胳膊上挽着一桶白兰地。车辆快速地经过尼尔斯和阿恩，又唱又叫地驶向了小山。微风慢慢吹起了，穿过一阵尘土。而起初嘈杂的小提琴声、人们的呼喊声和车轮的咯吱声变得越来越远，直到最后消失在远方。尼尔斯站在那儿一动不动，直到听到身后传来沙沙的声音。他转身，发现阿恩正从自己的藏身地偷偷地出来。

"爸爸，那是谁?"他问，但却往后退了几步。因为尼尔斯的脸上显出讨厌的表情。男孩静静地站着，等着爸爸给他一个答复。但是他却没能得到。最后男孩有点不耐烦了，大胆问道："咱们走吗？"尼尔斯仍站着一动不动，朦胧地看着结婚队伍远去的方向。然后他让自己镇静下来，朝家的方向走去。阿恩紧跟着他，开始像刚才那样射箭，并去追回射出的箭。"不要踩上草地。"尼尔斯突然说道。男孩丢下那支箭，赶忙回来，但是他很快忘记了父亲的警告。而当父亲再次停下来不动时，他躺下来开始翻跟头。"我说过了，别踩着草地。"尼尔斯重复着，抓住他的胳膊似乎要把它拧断。然后男孩跟在他后面静静地走着。

玛吉特站在门口等他们。她刚刚从牛棚出来。她似乎在那儿做了挺多活儿，因为她的头发凌乱地散着，亚麻衣服也脏了，连衣裙也乱了。但是她站在门口，微笑地看着他们。"红边生小崽了。"她说，"我还从来没见过这么大的牛犊呢。"阿恩跑去里面看。

"我想你应该在礼拜日把自己弄干净点吧。"尼尔斯在她旁边走过，要进入房间时说道。

"是呀，现在活儿都干完了，我也能好好收拾下自己了。"玛吉特紧跟着他答道。随后她一边换衣服，一边唱歌。玛吉特现在唱得特别好，尽管有时候她的声音有点沙哑。

"别在那儿鬼哭狼嚎了。"尼尔斯一边说，一边躺在了床上。玛吉特离开了。然后小男孩慌忙地进来了，上气不接下气地。"小牛犊……，小牛犊肚子两边都有红色的印记，额头上还有个记号，跟它妈妈一样。"

"你给我住嘴,小子。"尼尔斯一边大喊,一边从床上脱下一只鞋,扔到地上。"厄运都是毛毛糙糙的小孩带来的。"他咆哮着,又把那只鞋穿上了。

"你也看到了,爸爸今天情绪不好。"妈妈警告阿恩。"来点浓咖啡,怎么样?再加点蜜糖。"她扭头对尼尔斯说,试图赶走他的坏脾气。蜜糖咖啡一直以来都是奶奶和玛吉特最喜欢的饮品,阿恩也喜欢喝。但是尼尔斯可不喜欢,尽管他之前经常和别人一起喝。"来点蜜糖浓咖啡怎么样?"玛吉特又问了一句,因为刚才尼尔斯没有回答。尼尔斯用手肘撑起自己,用大而刺耳的声音高喊:"你认为我会喝这种肮脏的东西吗?"

玛吉特就像受到雷击一样吃惊,然后带着孩子出去了。

他们在外面做了很多事,到晚饭时间才回来。那时,尼尔斯已经出去了。玛吉特让阿恩去田里喊他回来,但是哪儿也找不到他。他们一直等到晚饭都凉了,但当他们吃完饭了尼尔斯还没回来。这时,玛吉特变得十分不安,打发阿恩上床睡觉后,自己坐着等。过了午夜,尼尔斯才回家。"你去哪儿了,亲爱的?"玛吉特问道。

"关你屁事。"尼尔斯一边回答,一边慢慢坐到长凳上。他喝醉了。

从那以后,他经常去教区,也经常醉着回来。"我真受不了和你在家的日子。"他有一次回来后说。她试图为自己的行为辩护,但是他跺着脚让她别说话。如果他喝醉了,那是玛吉特的错；如果他做了坏事，那是她的错；如果他成了残废只能这样不幸地生活着，那也是她和她那该死的孩子的错。"你们为什么总是缠着我？"他说着，又哭又闹，"我到底做了什么错事？"

"愿上帝帮助并祝福我！"玛吉特答道，"难道是我追的你吗？"

"是的，就是你追的我。"他高喊着站了起来，开始又哭又闹。他又接着说："现在，结果如你所愿了：我在这儿苟且地过着一天又一天——每天就这样看着自己的坟墓。但是如果不是你和你那该死的孩子挡我的道，我本可以和教区的第一女孩过着华丽的生活。我本可以周游世界的。"

她再次试图为自己辩解："不管怎样，这不是孩子的错。"

"你给我住嘴，否则别怪我不客气。"他的确没客气，重重地打了她。

当第二天醒来的时候，他会感到特别的羞愧，也会对男孩特别的好。但是很快他又会喝醉，然后接着打玛吉特。到最后，几乎他每次喝醉都会打玛吉特。而玛吉特会喊叫着承受着折磨，而他会继续这种生活，直到自己心里觉得不舒服，不得不再出去喝酒不可。也就在那时，他开始再次关注舞会。他会像自己生病之前一样为他们伴奏，而且会让阿恩帮着拎小提琴的箱子。而这些舞会上的很多东西都是小男孩不应该见到和听到的。就因为小男孩被带去舞会，妈妈没少哭过。但对此她一句也不敢跟爸爸说。她总是慈爱地恳求着男孩"要跟随上帝，千万不要学坏呀"。但是舞会上有那么多好玩的东西，而和妈妈待在家里却没什么好玩的。所以他越来越多地跟着爸爸，而不太理会妈妈。而这些玛吉特都看在眼里，却什么也不能说。男孩在舞会上学了好多歌曲，而且经常唱给爸爸听。这时爸爸会特别高兴，并时不时地哈哈大笑。这使得男孩十分兴奋，决心学更多的歌曲。而且他很快发现爸爸喜欢的是哪首歌，并能使他开怀大笑。而当歌曲中没有这种笑料时，男孩会自己将好玩的东西加进去。所以男孩很小就学会了为音乐填词。但有关白手起家成名当官的讽刺故事和令人反感的事情是爸爸最喜欢的，也是男孩经常唱的。

妈妈总是希望男孩能在晚上和她一起去牛棚喂牛。他总是找各种各样的理由不去，但是却没用。她决意让他帮自己干活。在牛棚，妈妈会给他讲上帝以及那些美好的事物。而最后总是她把他搂进怀中，眼含泪花地乞求他不要学坏。

在他的阅读课上，妈妈也总是帮助他。他学得很快，而爸爸也为他感到十分的自豪，而且总是告诉他——尤其是喝醉的时候——这是遗传了他的聪明才智。

当爸爸在舞会上喝醉的时候，他总是让阿恩给大家唱歌，而阿恩就会在人们的欢呼和掌声中唱了一首又一首。而这与其说是让爸爸高兴，还不如说是让阿恩自己高兴。最后他唱的歌连他自己都数不过来。一些听说这件事的焦急的妈妈会去找玛吉特，把事情说给她听，因为这些歌曲的主题并不像人们所想的那样健康。然后她会把男孩叫到身边，以上帝和所有美好事物的名义命令男孩再也不要唱那些歌曲。而这让男孩觉得妈妈总是反对一切给他带来快乐的东西。所以他一生中唯一一次将妈妈说的话告诉了爸爸。而当爸爸又喝醉的时候，他看到妈妈为此受到多大的痛苦。从此以后，他再也没说过这件事。阿恩清楚地意识到自己做了件多么蠢的事。他在自己灵魂的深处乞求上帝和妈妈能原谅自己，但却无法用言语来表达。妈妈还像以前一样地对他好，而这深深地刺痛了他的心。但是尽管如此，他再次无理地对待了她。他有模仿的天赋，尤其是模仿人说话和唱歌。一天晚上，当他正以这样的方式让爸爸开心的时候，妈妈进来了。妈妈离开后，爸爸在他耳边说让他模仿妈妈。起初他不愿意，但是爸爸躺在床上笑个不停，并坚持让他模仿。"妈妈不在这儿，"男孩心里想，"不会听到我说话的。"他开始惟妙惟肖地模仿妈妈唱歌，声音也是一样的沙哑，并学着让自己因为眼泪让声音时断时续。爸爸开始大笑起来，笑得男孩心生恐惧地停了下来。而这时妈妈从厨房走了进来，伤心地看了阿恩很长时间，然后走向隔板，拿着牛奶盘离开了。

  他感到浑身发热：所有的她都听到了。阿恩从自己坐着的桌子上跳了下来，走到外面，把自己扔到地上，恨不得找个地缝让自己藏起来。他没有过多的停留，而是站起来走到更远的地方。经过牛棚时，他看到妈妈正坐着为他缝制一件漂亮的新衬衣。她过去习惯一边做衣服一边哼着歌，但是现在她在默默地做着这一切。阿恩再也听不到妈妈的歌声了。他让自己躺在妈妈脚边的草地上，抬头看着妈妈，痛苦地哭了起来。玛吉特放下了手里的活儿，用双手捧起阿恩的头。

"可怜的阿恩！"她说，低头看着他的脸。他不想说一句话，但却从未有过地大声哭着。"我知道你是个心地善良的孩子，"她一边说着，一边摸着他的头。

"妈妈，请不要拒绝我的请求。"这是他张口说出的第一句话。

"你知道我从来没有拒绝过你呀。"她答道。

"为我唱首歌吧。"男孩乞求道，"否则，我将再也没有勇气抬头看您的脸。"妈妈继续抚摸着他的头发，但却沉默着。"唱一首吧，我亲爱的妈妈。"他再次乞求道，"否则我将离开，再也不回来。"当时他差不多有十五岁，但是他却头枕着妈妈的腿，听着妈妈的歌：

"慈祥的上帝，当孩子在海边玩耍时，请照顾他吧；派去你的圣灵去照顾他吧。再也不要不管他。道路湿滑、浪头高涌，但是如果您能陪伴在他的身边，他将不会溺水身亡，为你健康地活着。而且这一切你在天堂都将看到。妈妈担心着孩子在哪里迷路，站在门口一天喊了一百遍。担心着他再也不能回来。但是妈妈想，无论发生什么事，圣灵会指引着他，上帝会保佑他，而他的弟弟会指引着他回到妈妈的怀抱。"

她又唱了几首歌，阿恩一动不动地躺着。他心里感到一股祥和的平静，并在这种安慰的作用下慢慢地睡去了。他最后清楚地听到的词是"基督"。这使他进入了光明的宗教之地，他仿佛听到唱诗班的声音，而妈妈的声音比其他的声音都要清晰。这是他从未听过的最甜蜜的曲调，而且祈祷自己能以相同的方式来唱歌，一直到他的欣喜变成高兴，然后一切突然都消失了。他醒了过来，四处打量着，并仔细地听着，但除了小溪流经牛棚时发出的低沉而持续的潺潺声外，他什么也没听见。妈妈已经不在这里，但是她把做了一半的衬衣和她的夹克放在了他的头下。

4. 无须悲伤的死亡

当一年中到森林放牧的日子到来的时候，阿恩希望能去放牛，但是爸爸却不同意。尽管阿恩已经十五岁了，可他的确还没放过牛。但是他急切地恳求着，最终他的愿望得到了满足。所以在那一年的春天、夏天和秋天中，白天他都是独自一人在森林里度过的，只有晚上才回来睡觉。

出去时他会带上书，在森林里读书，在树皮上刻字。其他时间就是在思考、渴望和唱歌中度过的。但是当傍晚他回家时，他经常发现自己的醉鬼爸爸在打妈妈，诅咒她以及整个教区，述说着自己如何差一点就能去远方。这时男孩心中升起了去旅行的渴望。他在家里找不到一点让自己感到慰藉的东西，而读书使他的思想飞到了天外，不，更确切地说，书就像是那微风，为他的思想插上了翅膀，载他飞向了远方。

然后在仲夏的一天，他遇见了克里斯丁，船长的大儿子。当时克里斯丁正带着仆人来森林里抓马骑回家。他比阿恩要大几岁，无忧无虑、整天嘻嘻哈哈的，脑子却不安分，有意让自己变得强壮。他说话既快又突然，一般就围绕三个话题：射飞鸟、骑无鞍马和捕鱼。而这一切对于阿恩来说却是完美的象征。他也决心要去旅行，并和阿恩谈论那些外国国家，就好像他们是童话世界一样。他发现阿恩喜欢看书，然后把自己看过的所有书都给他拿了过来。每个星期天，他都通过地图教阿恩地理知识。而那一整个夏天，阿恩在不停地看书，直到自己变得既苍白又瘦弱。

即使当冬天到来的时候，他也能在家里看书。这部分原因是明年他将接受坚信礼，还有部分原因是他知道如何和爸爸相处。他也开始上学，但是学校的生活对于他来说，似乎总是那样的不顺利。因为上课时他总会闭上眼睛，让自己的思维徜徉在家里的书中。而且教区的男孩里再也没有他的玩伴。

爸爸身体的不结实和对酒的热爱日益地加剧，他对妻子也越来越不好。而阿恩在家试着取悦爸爸，给他讲诉自己现在十分厌恶的事情时，经常是为了妈妈能有片刻的安宁。就这样，阿恩心里开始憎恨爸爸。但这一切他都深埋在心里，正如他对妈妈深深的爱。即使当他偶然遇见克里斯丁时，他也只字不提自己家里的事。他们的话题总是围绕着所读的书和所打算进行的旅行。但是在那些奇思狂想的谈话之后，他独自一人回家的时候，他想的是当他到家后家里会发生什么。他哭着乞求上帝关照他，让他能够很快离开这个家。

夏天，他和克里斯丁都接受了坚信礼，之后很快克里斯丁在为旅行做准备。最后他说服自己的爸爸让他成为一名水手，远航去了。走之前他第一次把自己的书给了阿恩，并承诺会经常给他写信。

然后，就又只剩下阿恩一人了。

就在那时，阿恩脑海中创作歌曲的想法又复苏了。而且他也不再只为那些老歌填词，而是创作出自己的歌，并且在这个歌曲中表达出让自己最痛苦的事物。

但是很快他的心思变得很重，以至于再也不能自己写歌了。他整晚整晚地睡不着，感觉自己再也不能待在家里了。他必须出去，去找克里斯丁，从此对谁也不会说起这件事。但是当他想到自己的妈妈，妈妈以后的生活，他几乎没法看着她的眼睛，而且他对妈妈的爱使他仍然待在家里。

一天傍晚，当天色越来越晚的时候，阿恩还在坐着读书。的确，当他感到异常伤心的时候，他经常会在书里寻找慰藉，却几乎不知道读书只会增加他的负担。爸爸去参加一场婚宴，晚些时候会回来。而疲倦的妈妈心里满是对爸爸的恐惧，早早上床睡觉了。突然阿恩被路上重重的跌倒声以及推门声吓到。那是爸爸回家来了。

"是你吗，我聪明的儿子？"他低语着，"来帮忙把爸爸扶起来。"阿恩把他扶了起来，让他坐在长凳上，把落下的小提琴箱子拿进来，然后关上了门。"呃，看着我，你这个聪明的孩子，我现在看起来一点也不英俊。裁缝尼尔斯再也不是以前的样子了。但是有一件事我必须告诉你——你以后决不能喝酒。它们——它们是魔鬼。这个世界和整个人类。""上帝抗击着骄傲着，却给卑微者以优雅……哦，天哪！哦，天哪！我再也回不去了！"

他静静地坐了一会儿，然后一边哭一边唱：

"仁慈的上帝，我乞求您；如果能帮助我的话，请帮助我吧；即使深陷在罪恶的泥潭，我仍然是您可爱的等待救赎的孩子。"

"上帝，虽然我的所作所为不值得您的降临，但是我会说出那句话……"他让自己前倾着，将头埋于双手间，大声地哭起来。然后躺了很长一段时间后，他一句句地说出了经文里所学到的，正如他二十多年前所学的那样。

"但是他答道，没人派遣，但我却降临在了以色列房子那个走丢绵羊的身上。然后他走上前，对他祈祷说，上帝，帮助我吧。但是他却答道，不应该拿着孩子的面包，把它扔给了狗。然后他说，上帝，事实上狗吃的是主人桌子上掉下的面包屑。"

然后他沉默了，哭声越来越弱，最后他镇静了下来。

妈妈一直都醒着，但却没有抬头。而当她听到爸爸的哭声听起来像是自己得到了救赎时,她用手肘支起身体,认真地凝视着他。

但是尼尔斯一看到玛吉特看着他就高声喊着:"你在看着我吗,你这臭婆娘!我猜你是不是想看看我变成啥样了。好呀,看吧,我就是这样。"他站了起来,而玛吉特让自己藏在了毛皮被单下面。"不,别藏了,我一定能找到你的。"他一边说一边伸出自己的右手,用食指在被子上摸索着。"咯吱、咯吱"他说着,同时把毛皮被单放到一边,把食指放在了她的喉咙上。

"爸爸!"阿恩大喊了一声。

"你已经变得这么干瘦了,身上根本都没肉!"她在他的触摸下蜷缩着,用双手抓住他的那只手,但却仍然没法让自己解脱。

"爸爸!"阿恩再次大喊着。

"哈——哈,你最终还是起来了。看看她扭动的样子,你这个臭东西。难道你就不能喊叫着,好像我在打你一样吗?咯吱、咯吱。我只想让你再也没法呼吸。"

"爸爸!"阿恩又大声喊了出来,跑到房间的一角,抓起那儿的一把斧头。

但是还没等阿恩走到他跟前,爸爸开始大声地尖叫,将手按着心脏,重重地摔倒了。"天呀!"他低语着,然后就不动了。

阿恩站在那儿一动也不能动,他感到眩晕又不知所措,不知道自己在哪儿。然后妈妈开始在床上来回地动,大声地喘着气,好像在反抗压在身上的东西。阿恩看到她需要帮助,但是自己却无能为力。最后妈妈自己试着站了起来,看到爸爸伸展四肢地躺在地上,而阿恩站在旁边手里拿着一把斧头。

"仁慈的上帝呀,你做了什么?"她大喊着,从床上跳起来,穿上裙子走了过来。

"他自己摔倒的。"阿恩说,终于找到了说话的力气。

"阿恩,阿恩呀,妈妈没法相信你。"妈妈以一种严厉的指责语气说着。"希望上帝帮助你吧。"然后她大哭着扑向那个一动也不动的人。

男孩从恍惚中醒了过来,扔掉斧头,跪了下来。"这是真的,正像我希望得到上帝的原谅。我啥也没做。当时我几乎要想到这样做了,但是挺茫然的。然后他自己就摔倒了。而我就一直这么站着的。"

这时,妈妈看着他,相信他说的都是真的。"那么这就是上帝的旨意。"她静静地说着,坐了下来,凝视着前方。

尼尔斯僵直地躺在那儿,眼睛和嘴大张着,双手放在一起,好像他在最后一刻想把它们抱在一起,却没能那么做。现在妈妈所做的第一件事就是让他的双手抱在了一起。"咱们走到前面看看他吧。"她说着,并走到壁炉前,炉火几乎要灭了。阿恩紧跟着她,因为他害怕一个人站着。妈妈让他拿着一块点燃的杉木,然后她再次走到那具死尸旁边,站在一边,而儿子站在另一边,让光亮照了过来。

"是的,爸爸已经走了。"她说,然后过了一会儿,她接着说:"我想是在一个很不好的时辰走的。"

阿恩的双手在剧烈地颤抖着,使得杉木烧后的灰烬落在了爸爸的衣服上,并将它们点着了。但是男孩却没感觉到。而妈妈正忙着哭,起初也没看到,但是很快根据难闻的味道感觉到了,害怕地大喊着。当男孩看着这一景象的时候,他觉得好像是爸爸自己烧起来了,然后他扔掉木头,昏了过去。他感到整个房间在跟着他忽上忽下地转来转去。桌子动了起来,床也动了起来,斧头开始自己砍起来,爸爸站了起来,向他走来。然后所有这一切在他眼前转来转去。这时他感到一股凉风吹过他的脸颊,他哭了出来,也醒了过来,然后做的第一件事就是看看爸爸,确定他还静静地躺在那儿。

当男孩看到爸爸已经过世——真的过世的时候,一股无以言表的幸福感掠过他的心田。他站了起来,仿佛迈进了一种新的生活。

妈妈已经把着火的衣服扑灭了,开始准备放置尸体的地方。她整理了床铺,然后对阿恩说:"抱住你爸爸,你很强壮的,帮我把他轻轻地放在这儿。"他们把他放在了床上,玛吉特帮他合上了眼睛和嘴,顺直了他的腿,再一次让他的双手抱在了一起。

然后他们站在那儿看着爸爸。刚刚过了午夜,他们需要守着他直到天亮。阿恩生好了火,妈妈坐在了火边。她就这样坐着回想着自己和尼尔斯走过的悲惨的日子。她感谢上帝最后带走了他。"但是我们也有过那么幸福的时光。"过了一会儿她说着。

阿恩坐在她的对面。而这时她转向他，接着说："从没想过他会这么走。即使他没有过上自己应该过的生活，但是他的确也为此受了罪。"她哭着看向那个亡者，然后继续说："现在上帝会让我和他在一起受的罪得到回报。阿恩，你一定要记住，我受这一切都是为了你。"男孩也开始哭起来。"所以，你可不能离开我呀。"她抽泣着，"现在你是我唯一的慰藉了。"

"我绝不离开您，我在上帝面前发誓。"男孩说得十分的诚恳，似乎说出的是这些年来一直想说的话。他希望上前抱着妈妈，却没这么做。

她变得更镇静，满眼善意地看着那个亡者，说："毕竟他也有很多好的地方，但是世界却没好好地对待他。现在他去跟随我们的上帝了，我相信他会好好对待他的。"这时她似乎是从自己的内心感觉这一想法的，她补充道："我们必须为他祈祷。如果可以的话，我会为他唱歌。但是阿恩，你有着这么好的嗓子，去为你爸爸唱歌吧。"

阿恩拿来了赞美诗本，点亮了一块杉木，一手拿着杉木，一手拿着书走到了床头，以清晰的嗓音唱着金吾的第127首赞美诗：

"哦，上帝，请再仁慈地看看我们吧。把你那可怕的枝条放下吧，现在你让自己的愤怒放在我身上，为了惩罚我们为反抗你所犯下的罪恶。"

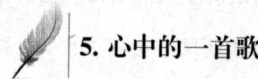 **5. 心中的一首歌**

阿恩已经二十岁了,但他仍然在夏天的时候去山上放牛,冬天的时候在家看书。

就在这时,牧师捎来消息,认为他的天赋和知识能够让邻居获益,请他去做教区学校的校长。阿恩没有回信,但是第二天当他放牧的时候,他唱出了下面的歌曲:

哦,我可爱的小羊羔,抬起你的头,虽然你要走过的是条崎岖的路,要穿越偏远的荒野,但是要紧跟着你的心声。

哦，我可爱的小羊羔，要小心走路。小心，不要弄坏你的毛发。妈妈一定很快会织出新的羊羔皮，因为夏天到来了。

哦，我可爱的小羊羔，无论到哪儿，都要吃得肥肥壮壮。你可能不知道，我亲爱的小羊羔，春天的羊羔吃起来才美味。

一天，他无意中听到了妈妈和农场以前主人的谈话。他们在讨论共同饲养的那匹马。"我必须等着听听阿恩会怎么说。"妈妈插话道。"那个懒鬼，"那个人大声说，"他会把马放到森林里不管不顾，他一直都是这么做的。"虽然之前妈妈一直很善于辩解，但这次她什么也没说。

这时，阿恩窘得满脸通红。他从来没想过，妈妈会因为他而饱受人们的嘲讽，"而且她已经承受了很多这样的嘲讽。"他想，"但是她为什么不告诉我呢？"

他好好想了下这个问题，然后认为妈妈现在很少和他说话。但是他也很少和妈妈说话。而他到底和谁说得比较多呢？

每到星期天，当他静静地坐在家里的时候，他总想着能给妈妈读段布道语，因为妈妈之前哭得太多，眼睛已经不太好了。但是他却没这么做。在工作日，当妈妈坐下来，而他觉得有点无聊的时候，他会想要给妈妈读些他自己在看的书，但是他也没有这么做。

"呃，没关系，"他心里想，"我会很快结束在山上放牛的生活，那时我会有更多的时间陪妈妈。"几天来，他让这一决定在脑海中日益成熟。同时他把牛赶到丛林深处，唱出了下面的歌：

　　山谷里充满了问题，但是温馨的和平也可能统治一切。在这片安静的森林里，没有执法者扣货追债，没有打斗，就像在所有的山谷里一样，以神圣的教堂的名义。但是这儿如果有教堂的话，可能也会是相同的情况。

　　这儿的一切都是平和的——真的。老鹰很没有善意，我恐怕它正在找最丰满的麻雀来吃吧。恐怕那边的秃鹰正要叼走小羊羔吧。但是如果它活得够长，它一定会累死的。伐木工砍倒了一棵大树，另一棵慢慢腐烂死亡。昨天日落时，红狐吃掉了小羊羔。而狼却吃掉了狐狸。而狼也会死。因为阿恩今天在露水没干之前将它射死了。我会回到山谷，森林里到处都是陷阱，我必须得小心。但是如果我不回去，脑中的思想会让我疯掉——尽管我无法讲出来，但是我看到了梦中的男孩。我知道他杀死了自己的父亲，我想那会使人下地狱的。

然后他回到家，告诉妈妈让她派一个男孩去山上放牛，而让他管理农场。妈妈就按他说的办了。但是妈妈不停地在他身边唠叨，警告他不要工作得太辛苦。然后她过去为他准备了让他吃起来感到羞愧的可口饭菜,而他却什么也没说。

一直有一首歌重重地压在他的心头——《在高山上》。但是他却没法完成它。主要是因为他总是试图用另外的方式代替这一负担,所以不久之后他就放弃了。

他有几首歌曲十分出名,而且深受人们的喜欢。很多人,尤其是那些看着他长大的人总是喜欢和他交谈。他在所有不认识的人面前都很腼腆,他会把他们想得都很坏。主要因为他觉得他们也会把他想得不好。

在他家田地旁边工作的是一个叫作欧珀兰德兹·克努特的中年人。他有时候会唱歌,但是总是唱同一首歌。阿恩听他唱歌听了几个月之后,想问问他是不是不会唱别的歌曲。"是的,我不会。"克努特回答。几天之后,当他再次唱起那首歌的时候,阿恩问他:"你是怎么学会这首歌的?"

"啊,偶然学会的——"之后他什么也没说。

阿恩径直回了家,发现妈妈正在家里哭,自从爸爸死后,他一直没见妈妈哭过。他转过身去,假装没看到。但是他感觉妈妈正泪眼婆娑地看着他,所以他不得不停了下来。

"你为什么哭呀,妈妈?"他问道。妈妈没有回答,屋子里静得听得见针落地的声音。然后话又到了嘴边,他感觉自己本应该更温和地和妈妈说话。所以这次他以更加温和的语气问道:"您为什么哭呀,妈妈?"

"啊,我也不知道。"她说,同时哭得更厉害了。他静静地站了会儿,然后鼓足勇气说:"肯定是因为什么您才哭的呀。"

然后又是寂静一片。但是,虽然妈妈没说任何责备他的话,阿恩心里仍充满了对妈妈的愧疚。"唉,只是我突然觉得想哭。"过了一会儿她说道,又过了一会儿,她补充道:"但是我真的感到很幸福。"然后她又哭了起来。

阿恩匆忙地跑了出去,跑进了山谷。当他坐在那儿想这个问题的时候,他也开始哭了起来。"要是我知道自己为什么哭就好了。"他说。

然后他听到欧珀兰德兹·克努特在他头上方的田地里唱歌:

> 柳池的茵葛里德·斯兰特没有贵重的饰品戴,但她的一顶帽子不是一般的漂亮,尽管只是毛线织成的。
>
> 帽子上没有任何装饰,也很旧。但那是已经过世很久的妈妈留给她的。所以茵葛里德觉得它比金子还要闪亮。
>
> 她把帽子放了二十年,这样它才不会坏掉。"我会在结婚这个喜庆的日子里戴上帽子。"
>
> 她把帽子放了三十年,这样颜色才不会褪去。"我这个幸福又感恩的新娘会戴着它向上帝祈祷。"
>
> 她把帽子放了四十年,心里依然装着亲爱的妈妈。"我的小帽子,我真害怕自己做不了新娘。"
>
> 一天,她去一直放帽子的柜子里找帽子。但是,

啊！她在白费力。帽子已经烂掉。

阿恩静静地听着，歌声对他来说就像是远处高山上弹奏的音乐。他走近克努特，问道："你有妈妈吗？"

"没有。"

"有爸爸吗？"

"呃，没有，没爸爸。"

"他们过世很久了吗？"

"是的，很久了。"

"我猜，你周围有很多关爱你的人吧？"

"呃，不，不是很多。"

"那这儿有你的亲人吗？"

"不，这儿没有。"

"但是在你的故乡应该有吧？"

"呃，没了，那儿也没了。"

"你难道没有关爱你的人吗？"

"嗯，没了，我没有能爱我的人。"

阿恩静静地走开了，心中对妈妈的爱意似乎要涌出来，而且他头脑变得越来越清楚。他觉得自己必须回家一趟，即使仅仅为了再看她一下。他一边走着，一边被自己这一想法所吓到："如果失去她我会怎样？"他突然停了下来，"万能的上帝呀，如果那样，我该怎么办呀？"

这时他感觉家里似乎发生了什么不好的事，就赶忙往家赶，汗珠从眉头滴了下来，他的脚走得飞快，几乎没碰地面。他快速地把外门推开，然后映入眼帘的是一片和平的景象：妈妈已经躺在床上，像个孩子一样地睡着了，月光静静地洒在她的脸上。

6. 匪夷所思的故事

几天之后,妈妈和儿子决定一起去参加附近亲戚的婚礼。妈妈在小时候就极少参加聚会,而且她和阿恩几乎不认识附近居住的人,更别提知道他们的名字了。

但是阿恩在聚会上感觉很不舒服,因为他感觉每个人都在盯着他看。在经过过道的时候,他相信自己听见人们在谈论他。仅想到这个就使他全身的血液向脸上涌去。

他一直紧跟着谈论过自己的人,最后坐在了他的旁边。

在吃饭的时候,那个人说:"嗯,现在我想给你讲个故事,来证明不管一件事埋得多深,总有重见天日的一天。"阿恩很奇怪，他为什么说话的时候一直盯着自己看。那个人长得很丑，稀疏的红头发挂在又宽又圆的额头上，深陷的小眼睛，小小的蒜头鼻，一张大嘴和向外突出的苍白的嘴唇，一笑就能露出两边的牙床。他的双手放在桌子上，又大又粗糙，但是关节却很瘦小。他的表情显得很凶恶，说话很快但有点吃力。人们叫他"吹牛大王"。阿恩知道以前裁缝师尼尔斯对他很不好。

"真的，"那个人继续说，"世上真的有太多的罪恶，有时候它们离我们比我们所想的还要近。但是没关系，现在我要给你们讲一件蠢事。老人们应该都记得阿尔夫——小贩阿尔夫。'我会再来的。'他过去经常这样说。从而人们就记住了他的这句话。当他遇到便宜货时——他可真会做生意——他经常拿起自己的包裹，然后说：'我会再来的。'一个魔鬼般的人物。骄傲自大的家伙，莽撞的家伙就是他，小贩阿尔夫！

"呃，他和大懒骨头，大懒骨头——呃，你知道大懒骨头吧？——他是个大块头，但却极其的懒。他特别喜欢小贩阿尔夫以前常骑的一匹黑马。阿尔夫将它训练得能像夏蛙一样地跳。大懒骨头在不知内情的情况下花五十美元买下了这匹马。然后这个大懒骨头，虽然长得很高，却钻进马车，打算用五十美元买到的马让自己像国王一样的威风。但是不管他怎么鞭打、喊叫，那匹马却一直朝着门和窗户跑，原来它早已经瞎了。

"之后，无论阿尔夫和大懒骨头在什么时候遇到对方，他们都会为那匹马像狗一样地又吵又打。大懒骨头说这钱应该还给他，但却一分也得不到。阿尔夫像狗一样地挑逗他，说：'我会再来的。'一个魔鬼般的人物。骄傲自大的家伙，莽撞的家伙就是他，小贩阿尔夫！

"呵呵，之后有很多年人们再也没有看见他。

"然后，过了大约十年左右的时间，一个寻找他的告示张贴在了教堂山上。因为有人给他留下了一大笔财产。大懒骨头站在那儿听着，'啊！'他说，'我很清楚，一定是钱而不是人在找他，这个小贩阿尔夫。'

"现在，人们对阿尔夫有着各种各样的说法。最后，似乎很清楚的是，人们最后见到他是在暗礁的一边。呵呵，你们应该记得暗礁上的那条路——那条老路吧？

"之后，大懒骨头成了个相当了不起的人，既有房子也有地。而且他也开始信教。大家都知道，他以前是不信教的。人们开始就他的这些事情小声谈论着。

"就在那时，暗礁上的路需要改道了。以前的人喜欢直走，所以那条老路就径直从暗礁上穿过。但是现在人们更喜欢让路况更顺更简易，所以新路是沿着河铺设的。在修路的时候，他们需要挖采才能彻底地移走这座大山。地方官员和其他所有相关官员都在现场。一天，当正挖到石头地面的时候，其中一个人挖出来一个自认为是石头的东西。但后来却证明是人的手骨，而且似乎是一只异常强壮的手。有一个人看到后当场昏了过去，那个人正是大懒骨头。当时一个地方官员正在那儿巡查，所以他们请他到了现场。随后挖出了一个人的骨骸。然后医生也请来了。医生把所有的东西巧妙地拼凑在一起，就好像再给这个人加上肉体，他就会活了一样。这时，一些人突然想到这副骨架和小贩阿尔夫的一般大小。'我会再来的。'阿尔夫过去经常这么说。

"同时这也让另一个人突然想到，一只死人的手竟然能让大懒骨头那样平躺下去，可真是太奇怪了。地方官员指责他与那只手的关系不止如此，当然这是在四周没人的时候说的。但是大懒骨头用可怕的誓言保证这与他无关，而这时的地方官员开始糊涂起来。'好，'地方官员说，'如果这与你无关的话，我敢说你肯定不介意今天晚上和这副骨架睡在一起。''当然，我一点也不介意。'大懒骨头说。所以医生将骨架的关节系在了一起，并把它放在营房的一张床上，又在旁边为大懒骨头准备了一张床。地方官员为自己裹上斗篷，躺在了外面紧靠着门。当夜晚降临的时候，大懒骨头必须得和他的床友待在一起了。门在他身后好像自动地关上了，他眼前漆黑一片，伸手不见五指。但是他开始唱《旧约》里的诗篇，因为他有着响亮的嗓音。'为什么要唱诗篇？'地方官员在墙外问道。'可能丧钟将永远不会为他鸣响。'大懒骨头回答。然后他开始大声虔诚地祈祷。'你为什么要祷告？'地方官员在墙外问道。'无疑，他罪孽深重。'大懒骨头答道。然后过了一会儿，一切变得如此之静，以至于地方官员都要睡着了。但是突然的尖叫声响彻整个营房：'我会再来的。'——然后响起的是地狱般的噪声和碰撞声。'给我那五十美元！'大懒骨头尖叫着。然后响起的是尖叫声和碰撞声。这时，地方官员撞开了门，人们拿着棍子和火把涌了进来。地上躺着大懒骨头，在他上面的是那具骨架。"

人们围在桌子旁边，谁也不出声。最后点起陶制烟卷的一个人说："难道他不是从那时起就疯了吗？"

"是的，从那以后他就疯了。"

阿恩好奇的是为什么每个人都盯着他看，他都不敢抬眼了。"正如我之前所说的，"讲述这个故事的人继续说，"就算埋得再深，一切总有一天会大白于天下的。"

"现在我讲个打自己爸爸的人的故事。"一个圆脸的矮胖子说。这时阿恩已经不清楚自己坐哪儿了。

"这个孩子是个很厉害的人物，差不多是个巨人，属于哈当厄峡湾的一个高大的家庭。他总是和人发生口角。他和爸爸也经常就每年的零花钱吵架，所以可以说不管是在家还是在外面他都不得安静。

"这就使他脾气越来越不好，而且爸爸也不断地使他困扰。'谁也不能把我打倒。'儿子说。'是吗？只要我活着，我就要把你打倒。'爸爸答道。'如果你还不住嘴，就别怪我修理你。'儿子一边说一边站了起来。'呵，那要看你敢不敢了。而且你再也不会有今天这样的运气了。'爸爸也一边说，一边站了起来。'你故意要这么说吗？'儿子问，然后冲到爸爸身边，并把他打倒。而爸爸却没有反抗，交叉着胳膊，任由儿子做他想做的。然后儿子把他打来打去，让他滚来滚去，拽着他花白的头发把他拖到了门口。'不管怎样，在我自己的家里我能有片刻的安宁。'他说。但是到门口的时候，爸爸稍微起来了一下，大喊着："不能越过这个门，就像我之前拖我爸爸一样。"但是儿子没有在意他说的话，把老人的头拖过了门槛。'不能越过这个门，我说过了。'然后老人站了起来，把儿子打倒在地，然后像打孩子一样地开始揍起他来。"

"啊，这故事可挺让人心里不好受的。"几个人说。然后他觉得自己听到有人说："打自己的爸爸可不是件好事。"这时他站了起来，脸色异常的苍白。

"现在我来讲个故事。"他说，但他几乎不知道自己在说什么：这些话就像大大的雪片在他脑海中飞旋着。"我怎么想的就怎么说。"说着他就开始了自己的故事：

一天，一个超自然的人看见一个小伙子一边走一边抽泣着。"你最害怕谁？"超自然的人问道，"你自己还是别人？"男孩哭是因为前一天晚上他梦到自己杀死了自己的坏爸爸。所以他答道："我最害怕自己。""那么别再害怕自己了，也别再哭了。因为以后你能有的就是和别人的吵闹。"然后那个超自然的人继续赶自己的路。但是这个年轻人遇见的第一个人嘲笑他，而他也嘲笑那个人。他遇见的第二个人打了他一顿，而他也打了那个人一顿。第三个人想要杀了他，所以他把那个人杀了。然后所有的人都说这个年轻人的坏话，而他也开始说所有其他人的坏话。他们不允许他进家门,不让他接触自己的东西。所以当他需要什么的时候,他就去偷。他甚至偷偷用掉了自己晚上休息的时间。因为人们认为他不会做任何的好事,所以他做的都是坏事。而只要有人家里出现了不好的事,他们都认为是这个年轻人做的。人们因为年轻人做的坏事而时常哭泣,但年轻人自己却再也不哭,因为他再也哭不出来了。然后所有的人聚在一块商量说:"咱们把他淹死吧,这样的话,我们就能把这儿的所有罪恶都淹掉。"所以他们就把他淹死了,之后人们都说淹死年轻人的那口井开始散发出一股强大的味道。

年轻人根本不知道自己做了什么错事,所以死后他去找上帝。在那儿的长凳上,他看见了自己最终也没杀死的爸爸。爸爸对面的另一张长凳上,坐着的是他曾经嘲笑过的那个人,曾经打过的那个人,被他杀死的那个人和那些自己偷过东西的人,以及那些自己虐待过的人。

"你怕谁?"上帝问他,"你爸爸还是那些长凳上的人?"年轻人指向了长凳。

"那么,坐到你爸爸旁边吧。"上帝说。年轻人就坐了下来,但是就在那时,爸爸从凳子上摔了下来,脖子上有着一个很大的斧头砍的伤口。长凳上坐着的是很像年轻人的一个人,但是却有着消瘦且异常苍白的脸,另一个人有着醉鬼的脸颊,毫无光泽的头发和软弱无力的四肢,还有一个人有着疯狂的脸颊,穿着破烂的衣服,发出了可怕的笑声。

"那么你可能成为他们中的某一个。"上帝说。

"是这样吗?"男孩说着,抓住了上帝的上衣。

"就在那时,两个长凳都从天堂掉了下去,但是男孩仍坐在愉悦的上帝的旁边。"

"醒来的时候别忘了这些。"上帝说。然后男孩醒来了。

"做这个梦的人就是我。那些诱惑他并认为他坏的人就是你们。我现在怕的不是我自己,而是你们。但是不要强迫我变坏,因为我不确定是否能抓住上帝的上衣。"

然后他跑开了,剩下的人们面面相觑。

7. 谷仓里的独白

那件事之后的一天傍晚,阿恩躺在属于同一个房子的谷仓里。他有生以来第一次喝醉,而且躺在那儿二十四个小时了。现在他坐了起来,用手肘支着身体,然后对自己说:

"我看到的一切都变成了怯懦。是怯懦阻止我在很小的时候跑掉,是怯懦使我听爸爸而不是妈妈的话。怯懦也让我为爸爸唱那些不好的歌。我是因为怯懦才开始放牛的,也是因为怯懦才开始看书的。我希望自己能够逃脱,但是当我长大的时候,我没能帮助妈妈反抗爸爸——怯懦,才使我那天没有那么做——啊——怯懦,可能等到妈妈被打死我也不会那么做吧……之后我没法待在家里——怯懦；我没法就这么走掉——怯懦；我无所事事，只能放牛——怯懦。我的确答应过妈妈要待在家里陪她。但是要不是害怕和别人接触，我应该早已经怯懦地打破自己的诺言了。因为我怕人，主要是因为我想他们会看出我有多坏，而且主要是我怕他们，所以我说他们的坏话——这是对我怯懦的诅咒！因为怯懦，我才唱出了这些歌曲，对自己的事我不敢大胆设想，所以我把它们放到一边，而去考虑别人的事。唱歌就是这样的。

"我完全有理由，把高山哭成湖泊，但是我却没这么做，而是对自己说：'嘘、嘘.'然后开始摇摆起来。甚至我的歌曲里都充满了怯懦。因为如果更直接的话，这些歌会更好。我害怕强有力的思想，害怕任何强有力的事物。我其实比自己想得要更聪明，也知道得更多。我就是有点笨嘴拙舌，但是怯懦却使我不敢展示出自己的本色。我真是太丢人了。我是因为怯懦才喝的酒，我想要麻木自己的痛苦——太丢人了！我一边喝酒一边觉得自己可怜。但是我还在不停地喝呀喝，喝的是爸爸的心血。事实上我的怯懦不可能结束，而我做过的最怯懦的事就是现在坐在这儿自言自语这些。

"自杀？哦，不行，我太怯懦了，连自杀都不敢。但是我有点相信上帝——是的，我信仰上帝。我很乐意皈依上帝，但是怯懦却使我不敢上前一步。如果胆小鬼能摆脱这个，那将是多大的变化呀。但是我有什么力气往前走呀？万能的上帝，如果我这么做了，您会以我那牛奶般脆弱的心灵将我治愈吗？会温柔地引导我吗？因为我就没长骨头，甚至软骨都没有，只有果冻样的胶状物。如果我这么做了……读着既好又温柔的书——我害怕任何强有力的书；看着和蔼、温柔的传说和故事，每个礼拜日会去布道、每天晚上会祈祷。如果我试着在心里为宗教留出一片田地，并勤勤恳恳地耕耘着，因为人不会不劳而获。如果我这么了，我童年记忆里温柔的上帝，如果我这么做了！"

但是正在这时，谷仓的门被推开了。妈妈进来并穿过了地板。她的脸色死一般的苍白，尽管汗水像巨大的泪珠一样地掉了下来。在过去的二十四小时内，她到处奔跑着找自己的儿子，喊着他的名字，却极少停下来听听是否有回音，直到他从谷仓大喊着回复。然后她大喊了一声，比男孩还轻地跳过干草堆，一头钻进阿恩的怀中……

"……阿恩，阿恩，你在这儿呀？我终于找到你了。从昨天开始我就在一直找你，一晚上我都在找你。我可怜的阿恩呀！我看到他们让你觉得很烦恼。我想来和你说话安慰你，但是我也总是害怕……" "阿恩，我看到你喝酒了！万能的上帝，再也不要喝酒了，阿恩。我看到你喝酒了。"过了一分钟妈妈才能接着说，"上帝会宽恕你的，我的孩子。我看到你喝酒了！……你会很快不成样子的，悲痛会灌醉你，让你垮掉的。我跑遍了所有的地方，我找遍了所有的田地，却找不到你。我去了每一个杂树林，我问了每一个见到的人。我也来过这儿，但你却没回答……阿恩、阿恩，我沿着河走了走，但是没有一个地方似乎能淹死人的……"她紧紧地抱住了他。

"然后我突然想到你可能已经回家了。我确信自己只在那儿待了一刻钟。我打开了外面的门，找遍了每一个房间。然后我第一次想到，自己走之前把房子锁上了，而且只有我有钥匙，所以你不可能进来过。阿恩，昨天晚上路的两边我都找过了：我不敢去峡谷的边缘……我不知道自己怎么又来这儿了，没人告诉我。想必是上帝让我想到你在这儿吧！"

她停了一会儿，枕着他的胸脯躺着了。

阿恩试着安慰妈妈。

"阿恩，你再也不要喝酒了，给我个保证吧。"

"不喝了，你可以确信我再也不喝酒了。"

"我想他们对你太严厉了吧？他们太严厉了，是吧？"

"不，是我太胆小了。"他答道，刻意加重了语气。

"我不明白他们怎么对你不好的。但是告诉妈妈，他们做了什么？你从来什么也不跟我说。"然后她又开始哭起来。

"但是你也从来都是什么也不跟我说呀。"他小声温柔地说着。

"不，阿恩，你错了。一直以来，我已经习惯在你爸爸面前保持沉默。而你应该引导妈妈的——万能的上帝，我们现在只有彼此了，而且我们一块也吃了不少罪呀。"

"啊，那我们必须试着让它变好吧。"阿恩小声说着。

"下个礼拜日，我给你读布道文。"

"愿上帝保佑你。"……

"阿恩!"

"嗯!"

"我必须和你说说。"

"哦,妈妈,说吧。"

"我对你做过特别不好的事,我做过很严重的错事。"

"是吗,妈妈?"

"是呀,我做了错事,但是那是我不得已的。阿恩,你要原谅我呀。"

"但我确信你从没做过对我不好的事。"

"但我的确做过了,我对你深深的爱让我做了那件事。但是你一定要原谅我,会吗?"

"嗯,我会的。"

"那么下次我一定告诉你这件事……但是你一定要原谅我呀!"

"好的,妈妈,我一定会原谅你的。"

"难道你看不出来吗,我很少和你说话的原因就是这件事一直困在我心里。我做了对不起你的事。"

"请不要这么说,妈妈!"

"呵呵,其实我挺高兴能把心里想的说出来。"

"妈妈,以后我们要多在一块聊天,我们俩。"

"好的,多聊天。然后你会读讲道的经文给我听。"

"嗯,好的。"

"可怜的阿恩,愿上帝保佑你!"

"我想咱们现在最好回家吧。"

"好的,我们一块回家。"

"你在到处看吗,妈妈?"

"是呀,你爸爸曾经在这个谷仓哭过。"

"爸爸?"阿恩问道,脸色变得异常苍白。

"可怜的尼尔斯!就是你被赐名的那天。"

"你在到处看吗,阿恩?"

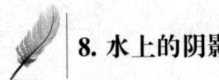 **8. 水上的阴影**

"今天是多么晴朗、愉快的一天呀,我在屋内找不到一丝的安宁;所以我缓缓走到森林,躺了下来。脑中的想法开始蜂拥而出。但是蚂蚁在地上爬着,黄蜂和蚊子在四周嗡嗡作响。"

"今天天气这么好,你不出去吗,亲爱的?"妈妈一边坐在走廊纺纱,一边问道。

"今天是多么晴朗、愉快的一天呀,我在屋内找不到一丝的安宁;所以我缓缓走进桦树林,躺了下来,开始将滑过脑海的东西唱出来。但是蛇爬出来晒太阳了——五英尺长的蛇,所以我跑开了。"

"这么好的天气，我们可以光着脚了。"妈妈一边说，一边脱下袜子。

"今天是多么晴朗、愉快的一天呀，我在屋内找不到一丝的安宁；所以我跳上小船，躺了下来，随着潮汐慢慢漂浮着。但是阳光把我鼻子都灼疼了，所以我将船向岸边划去。"

"今天可真是晒草的好天气。"妈妈说着，将耙子放到了草里面。

"今天是多么晴朗、愉快的一天呀，我可没法待在屋子里；所以我爬到一棵遮荫树的树枝上避暑。但是毛毛虫落到我脸上，我跳下来，跑走了。"

"唉，如果奶牛今天不出来，她就不会出来了。"妈妈一边说，一边朝斜坡看了眼。

"今天是多么晴朗、愉快的一天呀，我没法待在屋里，所以我快速划着船去到瀑布。但是万里无云时我却溺了水，再也没有上来。如果你做了这些，那不可能是我。"

"只要再有三个这样的晴天，我们的干草就晒好了。"妈妈一边说着，一边去为我整理床铺。

阿恩从小就不喜欢童话故事，但是现在他开始喜欢读童话了，而且童话把他带入了一个传说和古老民歌的世界。他也会读布道的经文和其他的宗教书籍，而且他温柔善意地对待着周围的人。但是他的脑海中升起了一种奇怪又深深的渴望：他不再唱歌，却经常独自一人出去，不知道自己在想什么。

周围很多自己以前没注意过的地方现在对他来说出奇的漂亮。那时他和同学需要去找牧师准备坚信礼。他们经常去牧师住所下面的湖边玩，并把它叫作"黑水"，因为这个湖深深地夹在山脉之间，漆黑一片。他现在经常会想到那个地方，所以一天傍晚他去到了那儿。

牧师的住所建在了斜坡的一边，高耸着就像是一座山。他坐在了牧师住所附近的一个小树林的后面。高山在另一边的海滩上高高耸立着，把又宽又深的阴影投射在湖岸，而中间却闪耀着波光粼粼的湖水。这是日落时分一个宁静的傍晚，除了对岸牛铃的叮当声，一切都是寂静一片。起初阿恩并没有径直看着前方，而是低头看着湖水，太阳在落山之前将自己火红的光亮照射在湖面。最后高山似乎做出了让步，在它们之间坐落的是一座长长的低谷，正对着湖水。但是两者似乎都朝着对方跑了过来，这就使整个山谷处于剧烈地晃动中。沿途密布着各种各样的房屋，炊烟袅袅升起，盘旋着远去了，绿色的田野冒着水汽，满载着干草的小船停泊在岸边。阿恩看着很多人走来走去，但却听不到任何声响。然后他的眼光沿着海岸看向了高山旁边浓密的丛林。人们在林中走出了一条路，宛如一条崎岖盘旋的尘带。然后阿恩的眼睛望向了自己所在的对面。那儿在丛林结束的地方正好是高山的入口处，房子遍布于整个山谷中。房子都刷成了红色，大大的窗户在阳光的照射下闪闪发光。田地和草地在光亮的照射下，使得其间跑闹的小孩也清晰可见。发着微光的白沙静静地躺在沙滩上，几只狗带着狗崽们在到处跑跳着。但是一切突然失去了阳光的照射，变得暗淡无光起来。房子看起来黑红一片，草地变成了暗绿色，沙子变得越发灰白，而孩子们变成了小树丛。一股迷雾从山上升起，带走了阳光。阿恩低头看着湖水，发现一切都开始变化：田地在晃动，森林在悄悄靠近，房屋低头站立着，门大开着，孩子们在走来走去。童话故事和儿童时期的事涌入了他的脑海，就像小鱼来咬鱼饵，游走了，又游来，在鱼饵四周游玩着，又游走了。

"咱们坐在这儿等你妈妈来吧。我想牧师家太太一定会完成的。"阿恩大吃一惊，有人在他后面坐着。

"如果我能在这儿再待一晚上。"一个声音乞求着，呼吸因哭泣而有点窒息；语气听起来像是个长不大的小女孩。

"别哭了，现在哭就不对了，因为你是要回家找妈妈了呀。"一个温柔的声音在慢慢说着，显然是男人的声音。

"我不是因为这个才哭的。"

"那么你哭什么？"

"因为我没法和玛蒂尔德一块住了。"

而玛蒂尔德是牧师唯一女儿的名字，阿恩记得有个农民的女孩是和她一块长大的。

"你要知道，天下没有不散的宴席。"

"嗯，但是让我再跟她待一天吧，我亲爱的爸爸。"这时女孩开始抽泣。

"不行,我们现在最好把你带回家,可能的确有点太晚了。"

"太晚了!为什么说太晚了?每个人都会遇见这样的事吗?"

"你生来就是个农民,注定了要一辈子都是农民。我们可养不起淑女或大小姐。"

"但是如果我待在家里,我可能一直都会只是个农民。"

"这可不好说。"

"我总是把农民的裙子穿烂。"

"衣服跟是不是农民没啥关系。"

"我会纺织,也会做饭。"

"跟它们也没啥关系。"

"我能像你和妈妈一样说话。"

"也不是因为这个。"

"呃,那么我就真的不知道到底是因为什么了。"女孩一边说一边哈哈大笑了起来。

"时间会证明一切的。但是恐怕你的脑海中已经有了太多的思想。"

"思想,思想!你总是这么说,我没有思想。"然后女孩开始哭了起来。

"啊,你是个风车,是个风车呀!"

"牧师从来没这么说过。"

"是的,他没说过,但是现在我说了。"

"风车?谁听过这样的事。我不会是风车的。"

"那你要成为什么样的人?"

"我会成为什么?谁曾经听过这样的事呀。什么也不是。"

"哦,什么也不是。"

女孩笑了起来,但是过了一会儿,她伤心地说道:"你不能说我什么也不是,这可不对。"

"天呀,这可是你自己说的!"

"不,我不会什么也不是。"

"嗯,好,你想成为什么就成为什么吧。"

女孩又哈哈大笑了起来,但是过了一会儿她伤心地说道:"牧师可不会这么嘲笑我。"

"不,他的确嘲笑过你。"

"牧师吗?呃,他可比你对我好。"

"是,我没他对你好,但是我要是那样,就会把你宠坏的。"

"呵呵,酸牛奶可没法变甜。"

"煮成乳浆可就成甜的了。"

她大声笑了起来。"你妈妈来了。"然后女孩又开始严肃起来。

"她跟牧师太太一样啰唆。在我有生之年,我从来没遇见过这样的人。"一个尖锐的声音插了进来。"快点,巴德,赶快起来推船,否则我们今天晚上就回不了家了。太太想让我看着,别让伊莱的脚沾上水。天啊,她得自己看着他了。她说为了伊莱的身体好,他必须每天早晨出去散会儿步。有人听说过这种事吗?

呃，快点起来，巴德，起来推船。今天傍晚我还得揉面团呢。"

"箱子还没到呢。"他说，一动也没动。

"那是因为箱子不来了，下个礼拜日才来。呃，伊莱，拿着你的东西，快点，快起来，巴德。"

她走开了，后面跟着那个女孩。

"快点，快点！"然后阿恩听到从下面的沙滩传出了相同的声音。

"你看到船里的活塞了吗？"巴德问着，还是没有起来。

"看见了，我把它放上去了。"然后阿恩听到她用凿子将船发动了起来。

"起来吧，巴德。我们没法在这儿待一晚上吧？起来呀，巴德！"

"我在等那个箱子呢。"

"愿上帝保佑你，亲爱的。我不是和你说过了吗，箱子留在那儿了，要到下个礼拜日了。"

"它来了。"巴德说，然后他们听到了马车的咔嗒声。

"怎么会这样，我不是说要等到下礼拜日吗。"

"我说了要把它带走的。"

妻子走到马车那儿，把包裹和其他小件东西拿到了船上。然后巴德站了起来，亲自拿下了那个箱子。

但是一个有着瀑布般头发戴着草帽的女孩在追赶着马车。那是牧师的女儿。"伊莱、伊莱！"她在远处大喊着。

"玛蒂尔德、玛蒂尔德,"另一个女孩回答着。然后两个女孩跑向对方。她们在山上重逢,拥抱在一起,哭了起来。然后玛蒂尔德把自己放在草上的东西拿了出来:笼子里有只鸟。

"以后你来养娜丽法斯吧。"她说,"妈妈也希望你养着它,你就养着吧——这样你就能时常想起我——也能经常来看我。"她们又痛哭起来。

"伊莱,快来,伊莱,别一直站在那儿!"阿恩听到妈妈从下面海滩传来的声音。

"但是我要和你一起走。"玛蒂尔德说。

"哦,好呀,一起走。"她们互相把胳膊搭在对方的肩膀上,向码头跑去。

几分钟后,阿恩看到船下到了水里。伊莱高高地站在船尾,拿着鸟笼子,挥手告别。而玛蒂尔德独自一人地站在码头的石头上抽泣着。

她一直站在那儿注视着船在水面越行越远,阿恩也在静静地注视着。湖泊和红房子之间有着一段距离,所以船很快消失在黑影中,然后阿恩看到船向岸边驶来。这时他在水里看到刚刚上岸的三个人的倒影,然后看到他们向红房子走去,一直到他们走进最好的一幢红房子。妈妈第一个走了进去,然后是爸爸,最后才是女儿。但是女儿很快又出来,坐在仓库前面,可能是在眺望那身披最后几缕阳光的牧师的住所吧。玛蒂尔德已经离开了,只剩下阿恩坐在那儿注视着水中的伊莱。"不知道她会不会看见我。"

他心想……

　　阿恩起身走开了。太阳已经落山，但是夏天的夜晚也十分明亮，天空也是晴朗的。湖面和山谷上升起了薄薄的雾气，沿着山脉慢慢蔓延着。但是山峰却是清晰可见的，静静地站在那儿注视着对方。阿恩向高处走去，看见下面的湖水又黑又深，远处的山谷在慢慢走近湖泊。山脉越来越近，聚成一丛一丛的，天空也放低了自己。一切是如此的友好和熟悉。

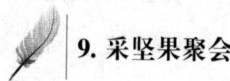 9. 采坚果聚会

"维尼维尔美人踩着轻快的步伐去和恋人约会。他一直唱着,直到在远方也能听见:'再见,再见。'愉快的小鸟在每个盛开的花枝上唱歌。在这个仲夏之日,人们在欢跳嬉戏。但是我现在却不知道她是否在编织着自己的花环。"

她用玉米花为他编制了一个蓝花环。"我的眼睛是如此的真实。"他接受了,但是花环却很快飞走了。"再见!"他唱着。然后一边欢快地唱着,一边跳过田地,在这个仲夏之日。

她为他编了条项链。"戴着时要小心呀,我是用头发编成的。"然后在幸福的时刻她把自己纯洁的初吻给了他。当两人的

嘴唇接触时，他的脸和她一样的红。在这个仲夏之日。

她用百合花为他编了个花环："我真正的右手。"她用火红的玫瑰为他又编了个花环："现在放在我的左手上。"他轻轻地从她手中拿了过来，但是害羞染红了他的眉毛，在这个仲夏之日。

她用周围所有的花为他编了个花环："这是我所有的。"她哭泣着，却继续收集鲜花编织着："都拿走吧。"他没说一句话就把花环拿走了，然后逃也似的跑进了山中。在这个仲夏之日。

她困惑地编织着，上气不接下气："我的笑靥花。"她就这样织着，直到双手变得开始倦怠："现在戴上吧。"但是当她转身看他的时候，才发现他已经不见了。在这个仲夏之日。

她匆忙地编织着，好像这关乎生死。她的笑靥花。但是仲夏的太阳不再照耀，而且鲜花也不见了。但是即使没有花，她却喜欢继续这样编织着。在这个仲夏之日，人们在跳着、玩着。但是现在我却不知道她是否在编织自己的花环。

阿恩最近快乐了很多，不管是在家还是和别人在一起的时候。冬天，当他把家里的活儿忙完后，他经常去教区做些木工。但是每个星期六的晚上，他总是回家和妈妈待在一起。星期日他会和妈妈一起去做礼拜，或者给她读布道的经文，然后在傍晚回到工作的地方。但是由于和更多的人交往，渴望旅行的梦想又在他的心里复苏了。而且他总是在自己心情最好的时候，躺着试图完成自己的歌曲《在高山上》，并为此修改了大约二十次。他总是会想到克里斯丁，而后者似乎早就将他忘在了九霄之外。克里斯丁虽然许诺说会写信，但是连一封信也没寄来。一次，他对克里斯丁的想念是如此强烈，所以他不加考虑地将这件事讲给了妈妈听。而妈妈什么也没说，转身出去了。

　　教区里住着个快乐的人名叫伊吉纳尔·阿森。在二十岁时，他断了条腿，从此以后就只能拄着拐杖走路。但是不管他拄着拐杖走到哪儿，那儿总是充满了快乐。这个人很富有，但他把自己大部分的积蓄都用于做善事。不过这一切他做得都很秘密，所以几乎没人知道他做过这些。他有一大片坚果林。每到收获季节，他总会挑一个最晴朗的天在自己的家里为女孩们举行采坚果聚会。在这一整天里，女孩们都会特别开心，晚上也会有舞会。他是大部分女孩的教父，因为他原本就是半个教区的教父。所有的孩子都喊他教父，而其他人也跟着喊他教父。

　　他和阿恩很熟，就是因为阿恩的歌他才喜欢阿恩的。现在他邀请阿恩参加采坚果聚会，但是阿恩拒绝了：他不习惯自己周围有女孩，他说。"那你最好赶快习习惯吧。"教父回答说。

　　所以阿恩参加了这次聚会，而且他几乎是这些女孩中唯一的男士。聚会真是太有趣了，阿恩一生中从来没见过这样的场面。其中有一件事尤其让他吃惊，那就是这些女孩会无缘无故地笑起来：如果三个人笑了起来，那么五个人也会笑起来，而这仅仅是因为她们三个人笑了。当她们聚在一起时，好像她们一生都是这样生活在一起的。而且其中有几个人在聚会之前从来没见过对方。当她们追上自己追赶的树枝时，她们会哈哈大笑；但当追不上时，她们也会笑。找不到坚果时，她们会因为什么也找不到而哈哈大笑；而当她们找到坚果时，她们也会大笑。她们闹着抢采摘钩，拿到的女孩会大笑，拿不到的也会大笑。教父会跛着脚追她们，试着用棍子打，搞出自己擅长的各种恶作剧。挨打的女孩会因为被他打到而大笑；没挨打的会因为躲过了他而大笑。所有人都笑阿恩，因为他是这么的悲伤。但是当阿恩也情不自禁大笑的时候，她们也都因为阿恩笑而大笑了起来。

然后大家坐在了一座大山上，女孩们围成一圈，教父坐在中间。太阳在炙热地照耀着，但是她们却一点也不在意，而是坐着砸坚果，把核给教父，将外壳和皮扔向对方。教父向她们做出"嘘——嘘"的手势，而且会用拐杖打自己能够到的女孩，因为他想让她们静下来讲故事。但是不让她们说话，就像阻拦跑下山坡的马车一样。这时教父开始讲故事，起初有很多女孩不听，因为她们已经听过他讲的故事了。但是很快她们都专心地听着了，而且在她们意识到之前，她们也急切地想要讲出自己的故事。尽管她们一直在大吵大闹，但是令阿恩很吃惊的是，她们的故事都很真诚：主要是有关爱的。

"阿莎，你知道个好故事，我去年就记得。"教父说着，转向了一个丰满的，有着圆脸，看着脾气很好的女孩。阿莎正坐着给一个头枕自己大腿的小女孩编辫子。

"但是可能有几个人已经知道。"阿莎回答。

"没关系,讲讲吧。"她们乞求着。

"好吧,大家别再劝了,我讲。"她答着,一边编着妹妹的头发,一边开始讲了起来:

从前有一个放牛的年轻人,他经常把牛赶到一个宽宽的溪流附近。小溪的一边有个又高又陡的悬崖在溪水边伸出很远,所以当他站在上面的时候就可以和对面的人交谈。他经常看到一个女孩在对面放羊,但是却没办法走近那儿。

"把你的名字告诉我吧,那个和羊群坐在一起忙着编织的女孩。"

他就这样一遍遍问了好多天,直到有一天对面传来了回答:

"我的名字就像雨天的鸭子一样漂浮着。过来吧,你这个戴着棕色皮帽的男孩。"

这使得男孩没法像以前那样思考了,他想自己以后不会再留意她的。但是说总比做要容易。因为不管他朝哪条路上赶牛群,它们都会走到那个相同的又高又陡的悬崖。这时男孩害怕了,他朝女孩高喊着:

"那么,你爸爸是谁,你在哪儿住?在去教堂的路上我从来没见你骑马经过呀。"

年轻人这么问是因为他觉得她是个女妖。

"我家房子被烧掉了,爸爸溺水死了,我也从来没发现过通往教堂的那条路呀。"

这又使男孩没法像以前一样思考了。白天，他在悬崖附近停留徘徊，晚上他会梦到她和自己在跳舞，并且当自己试着抓她的时候，她用大奶牛的尾巴鞭打自己。很快，他既没法睡觉，也没法工作了。这就使年轻人陷入了一种特别不好的状态。这时他再一次朝着悬崖大喊着——

"如果你是女妖，请不要再迷惑我；如果你是少女，请一定赶紧告诉我呀。"

但是却没人回复，所以他确信她就是个女妖。从此以后他不再放牧。但是就是在同时，不管他去哪儿，也不管他做什么，他满脑子想的都是那个吹着号角的美丽女妖。很快他再也受不了了，所以在一个月夜，当大家都睡着后，他悄悄走进了漆黑一片的森林。森林的底部虽然是黑的，但是树冠在月光的照耀下却很亮。他坐在悬崖边，开始大喊——

"跑着来吧，我的女妖。我对你的爱已经战胜了我自己。我的生活就是个负担，请别再躲着我了。"

年轻人看了又看，但是她却没有出现。然后他听到背后有东西移动，他转身发现是只大黑熊。熊朝着他走了过来，蹲在地上看着他。但是他却以最快的速度从悬崖上跑走，又穿过了森林。他不知道那只熊是否跟着自己，因为他直到安全地躺在床上才转身。

"那是她的其中一个野兽。"男孩心里想，"再去那儿就不值得了。"所以他再也没去那儿。

然后一天,他在伐木的时候,一个像女妖活照片的女孩走过了院子。但是当她走近的时候,他发现女孩并不是女妖。为此他想了很多,然后他看见那个女孩又走过来,远处看似乎是那个女妖。他跑去迎接她,但是当他走近的时候,他发现并不是女妖。

之后,无论年轻人在哪儿——不管是在教堂还是其他聚会跳舞——那个女孩也会在那儿。远看时那个女孩似乎就是女妖,但是一旦走近,她就成了别人。然后他问她是不是女妖,但是女孩却只看着他笑。"不管是跳还是爬,都要进去。"当想到这些的时候,年轻人决定娶那个女孩。

但年轻人决定娶她之前却没喜欢过女孩:当他不在她身边的时候,他渴望见到她;但是当他和她在一起的时候,他又渴望见到自己没见到的女孩。所以他对妻子很不好,但是妻子却默默地忍受着这一切。

然后有一天他出来找马,再次来到了悬崖。然后坐下来,高喊着——

"对我来说,你就是月光仙子,就像仲夏的火花,在远处闪烁着光芒。"

他觉得自己最好一直坐在那儿,之后每当家里出现不好的状况的时候,他就去那儿。当他走后,妻子都会哭起来。

但是一天,他坐在那儿,看见女妖坐在对面吹着号角。他高喊着——

"啊,亲爱的,你终于来了。你周围的一切在闪闪发光!啊,再次吹响号角吧！我正坐在这儿思念你呢。"

然后她答道——

"脑子里别再做有关我的美梦了。你家的黑麦因没有刈草都烂掉了。"

这时年轻人感到很害怕，所以就回家了。但是不久他就对妻子特别的厌烦，所以又不自觉地来到了森林，坐在了悬崖边。这时歌声传了过来——

"我梦想着你在这儿。呵，快些来到我的身边吧！不，不是在那边，你会在身后找到我。"

年轻人跳了起来，放眼望去，瞥见一条绿裙子滑入了灌木丛中。他紧跟着，就像在打猎一样地在森林里寻找着①。因为女妖的腿脚是如此的轻快，所以没人能赶上她。虽然他一再地朝她扔东西，但是她仍然像以前一样不紧不慢地跑着。但是年轻人根据女

---

① 在挪威的传说中，她是居住在森林或山中的女妖，称作胡而德尔或胡腊。她以美丽的少女现身，总是身穿蓝色的裙子，头戴白色的发带，但不幸的是拖着长长的尾巴。当行走于人群中时，她总是慌忙将尾巴藏起来。她喜欢牛，尤其是带有斑点的。她自己也拥有一个漂亮且茁壮成长的牛群。这些牛不长角。她曾经非常高兴，因为每个人都希望能和她这个美丽却奇怪的少女跳舞。但是其中一个和她跳舞的年轻人无意中看到了她的尾巴。虽然马上就知道自己的舞伴是谁，但他一点也不怕。不愿意背叛她，他在舞蹈结束时鼓起勇气说："仙女，你会把吊脚袜丢了。"她立刻消失了，但是随后奖励了这个沉默又体贴的年轻人很多漂亮的礼物盒——一大群牛。有关这个女妖的说法并不一致，而是因地区不同出现不

妖的步调发现她也开始跑累了,尽管凭她的外形他确定她就是那个女妖。"现在,"他心想,"你是我的了。"他突然粗暴地抓住她,两个人都摔倒了。然后女妖开始大笑起来,这让年轻人觉得高山又开始唱歌了。他让她坐在自己膝盖上,哦,她是如此的美丽,在他的一生中他从来没见过像她一样的人:他觉得妻子和女妖长得一模一样。"啊,你到底是谁,长得这么美丽?"他一边问,一边抚摸着她的脸颊。她脸颊变得粉红。"我是你妻子。"她答道。

女孩们听完这个故事大笑了起来,又嘲笑了那个年轻人一通。但是教父问阿恩是否听懂这个故事了。

"那么现在让我来讲个故事吧。"一个有着小圆脸、小鼻子的小女孩说:

从前,有个年轻人非常想要追求一个小女孩。他们都已经成年,但是长得有点小。而且男孩没有一点勇气去让女孩跟他走。

(上接70页)同的变化。在一些地方,她被描述成前看是美丽的少女,后面却是空的或蓝色的东西。而在别的地区,她又被叫作斯科格梅尔特,据说浑身是蓝色,却穿着绿色的裙子,相当于瑞典语中的斯科格斯尼弗尔。她的歌经常在山间萦绕,据说既空灵又悲伤,与地下生灵愉快又迷人的声音有很大的区别。但她并不被认为是森林中的孤独女神。人们认为蝴而德尔人也是一起生活在山上,与地下人群几乎是一样的。在哈棠格,蝴而德尔人总是身穿绿色衣服,而他们的牛群却是蓝色的,而且会被成人用皮带捆走。这些牛能产出大量的奶。蝴而德尔人占领了山上废弃的牧场,邀请人们去他们的高地来听音乐。——索普的《北部神话》。

在做完礼拜回家的路上，他总是紧紧地挨着她。但是不知怎么的，他们的谈话都是围绕天气。他会在舞会上邀请她跳舞，他们一直不停地跳，几乎要把她累死。但是男孩仍然没办法说出自己的心里话。"你一定要学会写信，"他对自己说，"然后你才能掌控这一切。"于是男孩开始写，但是他觉得自己写得不够好，所以他练了一年才敢写信。现在的问题是他怎么能在不让别人看见的情况下把信交给女孩。他等呀等，一直等到有一天他们并肩站在教堂的后面。"这有你的一封信。"男孩说。"但是我不认字。"女孩回答道。

然后男孩就站在那儿一动也不动。

之后男孩去女孩父亲的房子帮工，他经常整天在她周围徘徊。有一次他几乎要说出口了。实际情况是：他已经张开嘴了，但就在那时一只大苍蝇飞到了嘴里。

"哦，好吧，不管怎样，我希望别人不会带她走。"男孩想。的确没人会带女孩走，因为她太矮小。

但是之后的确有人来，而那个人长得也很小。男孩也很清楚那个人的意图。当那个人和女孩一起上楼的时候，男孩通过钥匙洞看着里面。"房间里的那个人开始求婚。""我太倒霉了，我这个鳕鱼没有抓住机会赶在他前面。"男孩心想。房间里的人吻着女孩的嘴唇——"那尝起来一定很美妙。"男孩心想。但是房间里的人让女孩坐在大腿上。"哦，天呀！这是个什么样的世界呀！"男孩一边说，一边哭了起来。女孩听到哭声，走到门口。

"你到底想要什么,你这个下流的人?""为什么你就不能让我好好待会儿?——我只想成为新娘的傧相。""不用了,我哥哥是我的傧相。"女孩一边答,一边重重地关上了门。

然后男孩就站在那儿一动也不动。

女孩们因这个故事而哈哈大笑,之后开始互相扔着果皮。

这时教父希望伊莱·伯恩讲个故事。

"她会讲什么呢?"

呃,她可以讲讲她在山上和他说的话,也就是他最后一次来看她的父母,当时她还给了他一副吊袜带。伊莱笑得十分开心,过了一会儿忍住笑声开始讲。但是她最后做到了——

从前,一个男孩和一个女孩一起走在路上。"啊,快看那只一直跟着我们的画眉。"女孩说。"嗯,它一直跟着我们。"男孩说。"它有可能是跟着我的。"女孩答。"那我们很快就能知道了。"男孩说。"你走那条路,我走这条路,我们在那边碰头吧。"他们就按照自己所说的做了。"唉,它怎么没跟我呀?"当他们见面时女孩问。但它却跟着我走了。那么一定是有两只画眉吧。他们又聚在了一起,但却有了距离。而且只有一只画眉。男孩想画眉一直在自己附近,但是女孩却认为它在自己附近。"我一点也不喜欢那只画眉。"我也不喜欢。"女孩答道。

"但是他们刚说完这些,画眉就飞走了。""是的,它在你那边。"男孩说。"谢谢。"女孩回答,"我可以清楚地看到它在你那边——快看,它又回来了!""的确,它的确是在我这边。"男孩高呼着。这时女孩生气起来:"唉,我希望如果以后跟你一起走的话,自己不再这么激动。"然后她就走开了。

然后画眉也离开了男孩。这时他感觉特别的无聊,所以朝着女孩高喊,"那只画眉跟你在一起吗?"——"没有,没跟我在一起。"——"啊,不,那你一定要来这边,这样可能它就会跟着你了。"

所以女孩走了过来,然后她和男孩手拉手地继续走着。"啾、啾、啾、啾!"女孩身边响起来画眉的叫声;"啾、啾、啾、啾!"这次是男孩身边响起来画眉的叫声;"啾、啾、啾、啾!"这次是两边都响起了画眉的叫声。当他们抬头看时,有成千上万的画眉围绕着他们。"啊,这可太好了。"女孩说,抬头看着男孩。"啊,愿上帝保佑你!"男孩一边说,一边吻她。

所有的女孩都认为这是个很棒的故事。

这时教父说她们必须说出昨天晚上梦到了什么,然后由他决定谁梦到的东西是最好的。

"说她们梦到了什么!不,这不可能!"

女孩们开始不停地窃笑、私语。但是很快每个人都开始觉得自己昨晚上做的梦特别好,其他人的梦不可能会比自己的好,所以最后她们都决意要对阿恩讲出自己所做的梦。但是她们不能大声讲出来,因为这是不被允许的,她们的梦只能讲给一个人听,那个人无疑就是教父。

这时,阿恩一直静静地坐在小山的低处,所以女孩们觉得自己敢把所做的梦讲给他听。

然后阿恩坐在了榛树丛的下面。阿莎,刚才第一个讲故事的女孩,向他走去。她犹豫了会儿,然后开始——

"我梦见自己站在一个大湖边,然后看到一个人在水上行走。这个人的名字我不想说。他踏上一朵水仙花,坐在那儿开始唱歌。我让自己登上浮在水面的其中一个很大的水仙叶子,因为我能划着它接近那个人。但是我一登上那个叶子,它就开始和我一起下沉。我变得十分害怕,所以哭了起来。这时他乘着水仙花划了过来,把我举了起来,然后我们在整个湖里划来划去。这不是个好梦吗?"

接着来的是讲述那个小男孩故事的小女孩——

"我梦见自己抓住了一只小鸟,我很高兴。我想一定得等到自己房间后才放开它。但是到屋里后我又不敢放开它了。因为我害怕爸妈会让我把它放走。所以我把它拿到了楼上,但是我还是不敢放开它,因为猫就在旁边潜伏着。这时我不知道该做什么了,就把它带来了谷仓。天呀,那儿有那么多的裂缝,我害怕它会跑掉。然后我又带着它来到了院子里,当时院子里站着个我不愿说名字的人。他站在那儿,正和一只很大、很大的狗玩。'我更愿意和你那只鸟玩。'他说。而且离我很近。但是这时我开始跑,他和那只大狗就在院子里追着我。妈妈把前门打开,匆忙把我拽了进来,然后嘭的一声关上了门。那个男孩站在外面大笑着,脸顶着窗户玻璃。'快看,这是那只鸟。'他说。你知道他在外面拿着我的鸟。这难道不是个好梦吗?"

然后来的是那个讲述画眉故事的女孩——她们叫她伊莱。她笑得太厉害,以至于有段时间没法说话。但是最后她开始这么讲——

"我一直满心欢喜地期待着今天的采坚果聚会,所以昨天晚上我梦到自己坐在山上,太阳在明亮地照射着,我在膝盖上放满了坚果。但是一只松鼠钻了进来,它坐在后腿上把坚果都吃光了。这难道不是个好梦吗?"

之后又有几个女孩讲了自己的梦,然后他们让阿恩说谁的梦是最好的。当然,他必须有大量的时间来思考。这时教父和女孩子们向房子走去,让阿恩慢慢想。她们蹦跳着下山,到平地后围成一个圈地唱着朝房子走去。

阿恩独自坐在山上,听着她们的歌声。强烈的阳光照在女孩的身上,而她们的白上衣也在闪闪发着光,她们在草地上跳着舞,时而紧紧抱着对方的腰。这时的教父一瘸一拐地跟在后面,不时因女孩踩到他的干草而用拐杖威胁着她们。阿恩不再考虑那些梦,目光更多地追随着那些女孩,他的思想飘过了山谷,慢慢飘向了远方,就像精良的空气线,而他仍然待在山后,编织着。在他还没意识到之前,他已经将自己的悲伤织成了一张密网。他比任何时候都渴望能逃离这一切。

"为什么还要待下去?"他自言自语着,"的确,我停留得已经够久的了!"他对自己允诺说一到家就跟妈妈说,不管结果如何。

他更有力地将自己的想法变成了歌曲《在高山上》，他的话从来没有这么流利过，他也从来没有这么方便地将它们变成韵律。它们就像在山头围成圈坐着的女孩们。他随身带着一张纸。把纸放在膝盖上，他把脑海中的歌词写了下来。写完歌曲站起来时，他似乎摆脱了一个负担。他不愿意见任何一个人，所以就通过森林朝家的方向走去了，尽管他知道自己得晚上赶路。半路上第一次停下来休息时，他把手伸进口袋想要拿出那首歌，打算在穿过森林时唱给自己听，但是却发现自己把歌词落在了刚才的地方。

其中一个女孩上山去找他。女孩没找到他，却发现了他的歌词。

 **10. 松开风向标**

和妈妈谈有关外出的事真是说起来容易,做起来难。他又说到了克里斯丁,以及那些从来也没收到的信。但是妈妈听完就走开了。之后的几天,他发现妈妈的眼睛又红又肿。他也注意到妈妈给自己做了比平常更好的饭菜,他明白这是妈妈精神状态的另一个信号。

一天,他去与牧师的另一处住所相邻的森林里砍柴,而路正好经过那个森林。在他要去砍柴的地方,人们经常会在秋天来采越橘。他把斧头放到地上,脱掉夹克,刚要开始工作,这时两个女孩拿着篮子走过来去采越橘。他过去通常会藏起来而不是去见她们，这次他也是这么做的。

"啊！快来看这么多的越橘呀！伊莱！伊莱！"

"是的，亲爱的，我看到了！"

"嗯，那就不再去远的地方了。这儿的就能装满好几篮子。"

"我觉得听到树林里有沙沙声！"

"呃，胡说！"

女孩们朝对方跑去，搂着对方的腰，静静地站了会儿，几乎不能呼吸。"什么也没有，我敢说。来，咱们接着采吧。"

"嗯，好，接着采。"

然后她们就继续采起来。

"今天你能来牧师住所真是太好了，伊莱。你没有什么要告诉我的吗？"

"有，我去见过教父了。"

"嗯，这个你跟我说过了。但是你没有什么有关他的事要说的吗——你知道是谁的。"

"有，我真的有！"

"哦，伊莱，你真的有！快点告诉我呀！""他又去过那儿。"

"胡说的吧？"

"他的确去过。爸爸和妈妈假装什么也不知道，但是我上楼躲起来了。"

"哦，然后呢？他去找你了吗？"

"是的，我相信爸爸告诉他我在哪儿了。最近他总是那么疲倦。"

"之后他去那儿了?——坐下,坐下,坐这儿,离我近点。然后他去了?"

"嗯,但他什么也没说,因为他太害羞了。"

"告诉我他说了什么,每一个字;请快点告诉我呀,每一个字!"

"'你怕我吗?'他说。'我为什么要怕?'我答道。'你知道我想说什么。'他一边说,一边坐在我旁边的箱子上。"

"坐在你旁边了!"

"然后他拦腰抱住了我。"

"抱住你的腰,说胡话的吧!"

"我非常想要挣脱开,但是他不放。'亲爱的伊莱,'他说。"——她大笑起来,接着另一个也大笑起来。

"呃?怎么了?"

"嫁给我好吗?哈哈哈!"

"哈哈哈!"

然后她们俩笑在了一起,"哈哈哈!"

最后笑声消失了,她们沉默了一会儿。然后第一个说话的女孩小声问:"他竟然拦腰抱着你,这不是太奇怪了吗?"

或者是另一个女孩没有回答,或者是声音小阿恩没听见,也可能她只是笑了笑。

"之后你爸妈说什么了吗?"在一阵沉默之后,第一个女孩问道。

"爸爸来看了看我,但是我把头扭开了,因为他笑我。"

"那你妈妈呢?"

"没,她什么也没说。但是没以前那么严厉了。"

"呃,你和他这就算定了吧?"

"当然!"

然后又沉默了一会儿。

"他是这样环着你的腰的吗?"

"不是,是这样。"

"哦,是这样……"

"伊莱?"

"怎么了?"

"你觉得也会有人这样对我吗?"

"当然,一定会的!"

"胡说!啊,伊莱,如果他这样环着我的腰?"她害羞地捂住了自己的脸。

然后她们又笑了起来。之后更多的是窃窃私语和偷笑声。

女孩们很快走了。她们既没有看见阿恩,也没有看见斧头或他的夹克,阿恩对此很高兴。

几天之后,他将坎本的一个小农场给了欧珀兰德兹·克努特。"这样你就不会再孤独了。"阿恩说。

那年冬天,阿恩去牧师家做了一段时间的木工。两个女孩也经常在那儿见面。当阿恩看见她们的时候，他经常会想是谁在追求伊莱·伯恩。

一天他必须为牧师的女儿和伊莱驾驶马车。尽管他支着耳朵认真地听，但连一句她们的话也听不明白。有时候玛蒂尔德和他说话，这时的伊莱总是笑着捂住自己的脸。玛蒂尔德问他是不是真会写歌。"我不会。"他说得挺快。女孩子们都开始笑起来。然后又说，又笑。这让阿恩很生气。之后当他再看见她们的时候，就假装没注意。

一次，在举行舞会的时候阿恩坐在了仆人大厅里。玛蒂尔德和伊莱都来看舞会。她们站在角落，似乎在讨论着什么。伊莱似乎不想做，而玛蒂尔德想做，最后玛蒂尔德占了上风。然后她们朝着阿恩走来，非常有礼貌地问他会不会跳舞。他说不会。她们就转身笑着跑走了。"实际上，她们一直在笑。"阿恩心想；这样他就变得勇敢起来。但是不久之后，他让牧师的养子，一个大约十二岁的男孩，在没人的时候教他跳舞。

伊莱有个弟弟，和牧师的养子一样大。这两个男孩是很好的玩伴。阿恩为他们做雪橇、雪地靴和陷阱，也经常和他们谈论有关他们姐姐的事，尤其是伊莱。一天，伊莱的弟弟给阿恩捎信说让他把头发弄得更顺点。"这是谁说的？"

"伊莱说的，但她不让我说是她说的。"

几天之后，阿恩捎话说，伊莱应该少笑点儿。男孩又捎来话说，无论如何，阿恩应该多笑点儿。

一次,伊莱的弟弟让阿恩给他点儿自己写过的东西。阿恩想都没想就把东西给他了。但是几天之后,男孩想取悦阿恩就告诉他伊莱和玛蒂尔德都很喜欢他写的东西。

"她们在哪儿看过我写的东西?"

"哦,那是你给她们的。我前几天向你要过。"

然后阿恩让男孩给他拿来姐姐所写的东西。男孩们按他说的做了,他就用木匠的铅笔改正了其中的错误,然后让男孩把它放在姐姐容易发现的地方。不久之后,他在自己夹克口袋中发现了一张纸,在最下面写着"由一个自大的家伙所修改"。

第二天,阿恩完成了他在牧师家的工作,回家了。那年冬天,阿恩是如此的温柔,从而使妈妈觉得自从爸爸死后那段悲伤的时光之后他从来没这样过。他为她读布道经文,陪她去做礼拜,总之,不管在哪方面,他都表现得很好。但是妈妈也清楚地知道他这么做的一个很大的原因是,他打算在春天到来时到外面去闯一闯。之后的一天,伯恩捎来消息,让他去那儿做木工。

阿恩显然不假思索地说自己会去的。但是送信人一走,妈妈就说:"你一定很吃惊吧!伯恩捎来的信?"

"嗯,这有什么奇怪的吗?"阿恩看也不看地问。

"伯恩捎来的信!"妈妈再次高声说着。

"嗯,为什么不能是伯恩呢,就像任何其他的地方?"他回答着,略抬了下头。

"伯恩和波吉特·伯恩捎来的信!——巴德就是因为波吉特才

把你爸爸打残的！"

"你说什么？"阿恩高喊，"是巴德·伯恩吗？"

妈妈和儿子站在那儿看着对方。爸爸的一生慢慢展现在他们面前，那时他们看见了跳跃其间的黑线。然后他们开始谈论爸爸那些辉煌的日子，谈论当时老伊莱·伯恩如何将女儿波吉特许配给爸爸，而他又如何拒绝了她。他们就这样说着，一直说到爸爸脊椎被打断的时候，他们一致同意这件事不能太怨巴德。但是的确是他才让爸爸落下残疾的。

"难道就没有我的责任吗？"阿恩心想，同时觉得应该去伯恩家。

当他肩上扛着锯，踩着冰朝着伯恩家走去的时候，他感觉它会是个美丽的地方。那儿的住所似乎总是新粉刷的一样——可能是因为他感觉有点冷——而房子让他觉得很安全、很舒服。他没有径直进去，而是绕到了兽棚。在那儿，一群毛发浓密的山羊站在雪中，在啃杉树枝上的树皮。牧羊犬在谷仓附近跑来跑去，不停吠叫着，似乎魔鬼要来了。但是当阿恩进来时，它摇着尾巴，任由他拍着自己。房屋上面的厨房门总是开着的，阿恩总是看看那儿，但是他只看见拎着桶的挤奶工或向山羊扔东西的厨师。打谷人在谷仓里忙碌着。左边的柴间前，一个年轻人正站着砍柴，在他后面已堆了好多柴火。

阿恩放下锯，走进了厨房：地板上满是白沙和切碎的杜松叶；铜壶在墙上闪着光芒；瓷器和陶器成排地摆放在架子上；仆人们正忙着准备晚餐。阿恩说自己要找巴德。"去起居室吧。"其中一个仆人说，用铜把手指着一个内门。他走了进去：房间粉刷得很亮——成团的玫瑰装扮的屋顶、用黑字写有主人名字的红柜子和镶有蓝彩带的红床架。在炉子旁边，一个宽肩、长相温和、留着浅色长头发的男人正坐着缠桶；而在一个大桌子旁边，一个苗条的高大女人穿着紧身裙、戴着亚麻帽，正坐着将玉米拣成两堆。除他们之外，屋里没有别人。

"您好，祝您工作愉快。"阿恩一边说，一边脱掉帽子。两个人都抬起了头。男人笑了笑，问他是谁。"我是来做木工的。"

那个人又笑了笑，一边又前倾着忙自己的事，一边说："哦，好的，阿恩·坎本。"

"阿恩·坎本？"妻子高喊着，低头盯着地板。那个人快速地抬了下头，又笑了笑说："裁缝师尼尔斯的儿子。"然后就继续工作了。

妻子很快站了起来，走到架子那儿，又转身走到柜子那儿，最后转身走了。在桌子抽屉中翻找东西的时候，她头也不抬地问："他要在这工作吗？"

"是的，他要在这干活。"丈夫回答，也没抬头。

"好像没人让你坐下呀。"他补充说，转身看着阿恩。然后阿恩就坐下了。妻子出去了，丈夫继续干活，所以阿恩问自己是否也开始干活。"咱们先吃饭。"

妻子没有回来。但是门再打开的时候，伊莱走了进来。起初,她看起来似乎没看见阿恩。但是当他起身向她问好时,她转过半个身子,把手伸给了他,但却没看他。他们说了几句话,而爸爸一直在工作。伊莱更苗条了,也更挺直;她的手很小,有着圆圆的手腕;头发编成了辫子,穿着一件紧身上衣的裙子。她摆了吃饭的桌子。工人们在隔壁房间吃饭,而阿恩和这家人一起吃饭。

"你妈妈不来吗?"丈夫问。

"还没有,她在楼上称羊毛。"

"你有叫她来吃饭吗?"

"说了,但她说她什么也不吃。"

沉默了一会儿。

"但是楼上很冷呀。"

"她不让我生火。"

午饭之后,阿恩开始干活。傍晚的时候,他又和这家人坐在了一起。妻子和伊莱在缝东西,丈夫在忙着一些琐碎的事,阿恩在帮他。他们就这样静静工作了一个多小时。而伊莱,这个过去经常喋喋不休的人,现在也一句话不说。阿恩悲伤地想自己家里也经常是这样呀,但他到现在才感觉到这一点。最后,伊莱似乎觉得自己沉默得够久了,所以做了个深呼吸,然后大笑了起来。然后爸爸也笑了,而阿恩感觉这很滑稽,也开始笑起来。之后他们聊了很多事,很快就变成了阿恩和伊莱之间的对话,而爸爸会时不时地插几句话。但是一次阿恩说了一会儿后,抬头看了看,他的眼光迎上了妈妈的眼光。波吉特放下了手中的活儿，在默默注视着他。然后她继续做着自己的事。但是当阿恩说话时，她还会抬头看着他。

到睡觉的时间了，他们都回到了自己的房间。阿恩想自己会注意在新地方睡觉的第一晚所做的梦，但是却不明白其中的意义。在这一天里，他和这家的丈夫说得很少，但是他梦到的不是房子里的别人，正是他。梦里的最后一个画面是：巴德和裁缝师尼尔斯正坐着玩牌。后者看起来很苍白，又满脸的怒意；但是巴德却微笑着，使尽了所有的花招。

阿恩在伯恩家待了几天；做了很多事，却说得很少。不仅会客室的人，就连夫人、这个地方周围的人，甚至是女性都沉默着。院子里有条老狗，每当有人经过时，就叫起来。但是如果这个家的任何人听到狗叫，都会说："嘘、嘘！"然后这只狗就走开了，怒吼着躺了下来。阿恩的家里有个很大的风向标，阿恩注意到这家里有个更大的，但却不转。每次起大风的时候，风向标都会摇晃，似乎想要转起来。阿恩站在那儿看了很长时间，然后觉得自己应该爬上去解开它。风向标并不像他想的那样系得很紧，但是上面放着一个棍子来防止它转起来。他把棍子抽出来扔掉；而巴德正从底下经过，棍子正好砸到了他。

"你在做什么？"他一边说，一边抬头看。

"我在松开风向标。"

"不管它了。它转起来的声音就像鬼哭狼嚎一样。"

"呃，我觉得那也比什么声音也没有要好。"阿恩说，跨在了屋脊上。巴德抬头看着阿恩，阿恩也低头看着他。然后巴德笑了笑说："说起话来像狼嚎一样的人最好还是什么也别说的好。"

有时候别人说出的话会萦绕在耳边很久，尤其是他们最后所说的话。所以当他在大冷天从屋顶爬下来时，巴德的话还在他耳边；而当他晚上进入起居室时，它们还徘徊在心中。在这样的一个黄昏时分，伊莱站在窗前，向外看着在月光下闪光的冰面。阿恩走到另一扇窗前，也向外看着。屋内是温暖和安宁的，而屋外却冷得刺骨，一股冷冽的风吹过山谷，压弯了树枝，使得它们的身影颤颤悠悠地倒映在雪上。从牧师家射来的一束光在闪耀着，然后消失，然后又出现，呈现出不同的形状和颜色，就好像如果人们长期注视远处的光时，会出现的情况。在对面，高山漆黑地耸立着，山脚处深深的阴影是数千个童话故事聚集的地方，上部被雪覆盖的平原在月光下闪亮着。星星在天空中闪耀光泽，而北部的光亮在天空忽隐忽现，但却没有蔓延开来。离窗户一段距离，正对着湖水的地方耸立着几棵树，树影相互遮掩着。但是那棵桦树却独自耸立着，在雪上书写着自己的故事。

一切都是寂静的，除了人们会不时听到的长长的哭叫声。"那是什么？"伊莱问。

"风向标的声音。"阿恩说，过了一会儿，他小声地补充着，就像是在对自己说话，"它想必又松了。"

但是阿恩就像是那个想说又不能说的人一样。这时他问：

"你还记得那个有关画眉的故事吗？"

"记得。"

"那个故事其实是你讲的。的确是个好故事。"

"我经常觉得当一切安静下来的时候就能听到歌声。"她说，声音是如此的微弱，以至于他感觉自己是第一次听到。

"那是我们灵魂中美好的东西。"他说。

她注视着他，就好像他的回答有着深远的意义。他们俩静静地在那儿站了好久。然后她一边用手指画着窗棂，一边问："你最近写歌了吗？"

他脸红了起来，但她却没看见。所以她又问了一次："你是怎么写歌的？"

"你想知道吗？"

"嗯，是的——我想知道。"

"我把别人不在意的想法收集了起来。"

她沉默了会儿，可能在想自己也可能之前有过适合用歌曲表达的想法，但却让它溜走了。

"这太奇怪了。"最后她又开口说话了，似乎是在对自己说，同时又开始在窗棂上画着。

"我第一次见到你的时候就写了首歌。"

"那是在哪儿？"

"牧师家后面，你离开那儿的那个晚上——我看见你乘船走了。"

她笑了笑，沉默了会儿。

"让我听听那首歌吧。"

阿恩之前从来没这么唱过歌，但是他将它复述了出来：

"维尼维尔美人踩着轻快的步伐去和恋人约会。"

……

伊莱专心地听着，在阿恩唱完之后又静静地站了好长时间。最后她大声说："啊，这对她来说，真是太可惜了！"

"我感觉这好像不是我写的歌。"他说，然后像伊莱一样站着，思考着这个问题。

"但我希望那不会是我的命运。"停顿了下后，她说。

"不会，我更多想的是我自己。"

"那么，那会是你的命运吗？"

"不知道，但我感觉是这样。"

"太奇怪了。"她又开始在窗棂上写着。

第二天，当阿恩走进房间吃饭的时候，他走向了窗户。屋外阴暗又雾气腾腾，而屋内让人感觉既温暖又舒服。窗棂上有手指写下的："阿恩、阿恩、阿恩。"除了"阿恩"外，没有别的。窗户上都是他的名字。伊莱前一天晚上是站在这儿的。

11. 伊莱生病了

第二天,阿恩走到屋里说,他在院子里听说牧师的女儿玛蒂尔德刚刚去了镇上,打算待几天,而她妈妈却打算让她待一两年。伊莱之前没听说过这件事,当下就晕倒了。阿恩从没见谁晕倒过,所以很害怕。他跑去找侍女,侍女又跑着找她父母。当他们匆忙进来的时候,全屋子里乱成了一片,狗也坐在谷仓台阶吠叫。不久,当阿恩再进来的时候,他看见伊莱的妈妈正坐在床边,伊莱的爸爸手托着伊莱低垂的头。侍女们在跑着找东西——一个去拿水,另一个去拿碗橱里的鹿角精,还有一个正在解开她的夹克衫。

· 91 ·

"愿上帝帮助你!"妈妈说,"我知道没告诉你这件事是我的错。是你不让告诉她的。愿上帝帮助你!"巴德一句话也不说。"我本想要告诉你的,真的,但事情不像我想的那样。愿上帝帮助你。你对她一直都太严厉了,巴德;你不懂她,不知道爱一个人是怎么样的,你不懂。"巴德还是什么也没说。"她不像那些可以承受悲伤的人,即使微小的伤心事也会让她承受不了的。醒来吧,我的孩子,我们会好好对你的。醒来吧,伊莱,我亲爱的孩子,不要让我们这么伤心呀。"

"你总是喋喋不休,就是什么也不说。"巴德最后说,一边看着阿恩,似乎不希望他听到这些事,让他离开房间。但是阿恩心想,既然侍女能待在这儿,他也就没走,而是走向了窗口。很快女孩从昏迷中苏醒过来了,她看着四周,辨认着自己身边的人。但是她很快记起来一切,大声呼喊着玛蒂尔德,歇斯底里地哭起来,让人们觉得在屋里待着真是太痛苦了。妈妈试着安慰她,爸爸也坐在了她可以看见的地方,但是她把他们推到一边。

"走开!"她高喊,"我不喜欢你们,你们走!"

"哦,伊莱,你怎么能说不喜欢自己的父母呢?"妈妈高喊着。

"不喜欢!你们对我太不好了,把我身边的所有乐趣都拿走了!"

"伊莱,伊莱!别再说这么令人伤心的事情了。"妈妈乞求着。

"不，妈妈，"她高喊着，"我要说，我要说！你们希望我嫁给那个坏人，我不嫁，你们就把我关在这儿，一个我只有逃出去才能快乐的地方。现在你们又把玛蒂尔德带走了，她是世上我唯一喜欢和渴望在一起的人呀！哦，上帝，如果没有玛蒂尔德，我该怎么办呀！"

"但是你最近并没有经常和她在一起呀。"巴德说。

"只要我能从那个窗户遥望着她，这又有什么关系呢？"可怜的女孩答道，阿恩从来没见过一个人会这么孩子般地哭着。

"为什么呢，你不是还能看见她吗？"巴德说。

"是，我还能看见那座房子。"她回答。这时妈妈激动地补充："你不会明白这些事的，你不明白。"然后巴德就再也没说什么。

"现在我再也不能去窗户那儿了。"伊莱说，"以前早晨起来的时候，我会去那儿。傍晚的时候，我会坐在那儿的月光下。当我没办法诉说自己的时候，我会去那儿。玛蒂尔德！玛蒂尔德！"她在床上翻滚着，又陷入了歇斯底里的状态。巴德坐在离床有一段距离的地方，继续看着她。

但伊莱却并没有像人们预料的那样很快康复。快到傍晚时，他们发现她得了重病，这病可能已经有一段时间了。阿恩被叫来帮着把伊莱抬到楼上她的房间。她毫无意识地静静躺着，看起来很苍白。妈妈坐在床边，爸爸站着注视着她，然后就去工作了。阿恩也去工作了，但是晚上睡觉前，他为伊莱做了祈祷。他祈祷这么年轻漂亮的女孩能够快乐地生活在世界上,谁也不要夺走她的快乐。

第二天阿恩进来的时候,发现爸爸和妈妈正坐在一起交谈:妈妈一直在哭。阿恩问伊莱怎么样了,但是他们俩都希望对方来回答,所以都沉默了一会儿,最后爸爸说:"呃,她今天特别不好。"

之后,阿恩听说伊莱一晚上都在胡言乱语,或者正如爸爸说的"说胡话"。她烧得特别厉害,谁也不认识,也不吃东西。父母商量是不是应该请个医生。当后来两个人走入病房,只剩下阿恩留在外面的时候,他觉得这好像就是生死在拼命地挣扎,但自己却没法进入。

但是几天之后,伊莱的状况有所好转。一次,爸爸在照顾她的时候,她忽然说想要把玛蒂尔德送给她的那只鸟——娜丽法斯放在床边。然后巴德将真实情况告诉了她——人们在混乱中把鸟忘了,所以它被饿死了。巴德说这些的时候妈妈正好要进来。站在门口,她高喊:"哦,天哪,你这个禽兽呀,巴德,为什么要把这么悲惨的事情告诉她!看,她又晕倒了。愿上帝宽恕你!"当伊莱醒来的时候,她还要那只鸟,说死亡对玛蒂尔德是个不好的预兆,希望能去看她,然后又昏了过去。巴德站在那儿看着女儿的状况越来越糟,想伸手帮忙时,妈妈把他推了出去,说让她来照顾这一切吧。巴德伤心地看着她俩很长一段时间,然后用双手戴上帽子,转身走了出去。

不久之后，牧师和妻子来了，因为伊莱的发热更厉害了，他们不知道这会不会变成生死攸关的事。牧师和妻子与巴德谈了谈伊莱的事，暗示说他对她太严厉了。但是当他们听说巴德对伊莱说了有关鸟的事，牧师坦率地说这太粗野了，表示只要伊莱好起来能动了，他就让伊莱去他家住。牧师太太一直哭，几乎就没抬头看巴德，坐在病人身边后，她派人请来了医生。之后又一天好几次地来传达医嘱。巴德在院子里不安地从一个地方走到另一个地方，经常去那些让自己单独待着的地方。他会在那儿待一小时，然后戴上帽子再去工作一会儿。

妈妈一直没和他说话，他们也几乎不看对方。爸爸一天会来看伊莱好几次。他上楼前会脱掉鞋子，把帽子放外面，再小心地打开门。他进来的时候，波吉特会转过头来，但却不看他，然后就像以前那样坐着，向前弯着腰，双手托着脑袋看着伊莱。而伊莱面色苍白地躺在那儿，一动不动，对周围发生的一切毫不知情。巴德会在床脚站上一会儿，看着她们俩，但却一句话也不说。一旦伊莱动了动似乎要醒过来，他就会像来时一样悄悄溜走。

阿恩总是认为夫妻之间以及父母和孩子之间的对话会长久地积累下来，并且会持续很长时间。他希望自己离开这儿，尽管他也希望在走之前能知道伊莱的病情。但是后来他想自己回家后也总能听到她的消息，所以他去找巴德，告诉他自己想回家了，他要做的工作已经做完了。巴德坐在门外的柴堆上，用一根棍子在雪上画着什么。阿恩认出了那根棍子，就是之前固定风向标的那根。

"嗯，可能你不需要再待在这儿了，虽然我还不想让你走。"巴德说，连头都没抬。之后他和阿恩谁也没再说什么。过了一会儿，他走开去干活儿，认为阿恩会待在伯恩。

不久，阿恩被叫去吃饭的时候，看见巴德仍然坐在柴堆上，他走了过去，问伊莱怎么样了。

"我想今天她的状态特别不好。"巴德说。

"我看到妈妈在那儿哭。"

阿恩感觉有人让他坐下，就坐在了一棵被砍倒的树的根部，正对着巴德。

"最近我经常想到你爸爸。"巴德说得这么突然，以至于阿恩不知道要怎么答。

"我想你知道我们之间的事。"

"嗯，我知道。"

"呃，正如我想的，你只知道故事的一半，认为我应该负大部分的责任。"

"我想，你是按照自己的意愿做的这件事，正如我爸爸一样。"阿恩停顿了一会儿说。

"哦，有些人可能会这么认为吧。"巴德答道，"当我发现这根棍子的时候，我觉得你来这儿并且解开风向标真是太奇怪了。我一直这么认为。"他把帽子摘下来，坐在那儿静静地看着那根棍子。

"认识你爸爸时,我大概十四岁,和你爸爸同岁。他非常疯狂,无法忍受在任何事情上有人超过他。所以他总是对我有怨言,因为我总是第一,他是第二。当我们施完坚信礼后,他经常主动要求和我打一架,但是我们从来也没打过,可能是我们对谁会获胜都没有信心吧。奇怪的是,尽管你爸爸每天都打架,但一直没发生什么意外。而我第一次打架时,却被打得鼻青脸肿。但真实情况是,我等着和你父亲打这场架等了很长时间。

"尼尔斯兴奋地跟在所有女孩的身边。而女孩们也到处围着他。让我倾心的只有一个人,每次的舞会、每次的婚礼以及每次的聚会上,他都会从我身边将她带走,她就是我现在的妻子……而每次我坐在那儿,心里都渴望就这个事和他较量下,但是我怕自己会输;而且我知道,一旦自己输了,我也会失去她的。然后在大家都走后,我会举起他举过的东西,踢他踢过的横梁。但是当他再次从我身边带走那个女孩时,我还是不敢和他纠缠在一起。尽管有一次,他当着我的面和女孩调情的时候,我走到旁边的一个大个子身边似乎是开玩笑地将他扔向横梁。尼尔斯看到时,脸色也变得很苍白。

"即使他对她很好,但是他一再地对她做错事。我也几乎要相信,每次发生这样的事都使她更爱他了。当最后一件事发生时,我当时想或者分手或者忍受。连上帝也想让他这样下去了,所以那次他受到了重创,比我想的还要重。之后我再也没见过他。"

他们静静地坐了一会儿，然后巴德继续说：

"我再次向她求婚，她既没说同意也没说不同意。但是我觉得以后她会更爱我的。所以我们结婚了。我们的婚礼是在一个山谷举行的，在她的一个姑妈家，她继承了姑妈的遗产。结婚时，我们已经有很多财产了，现在增加了很多。我们的财产一样多，结婚后我们把它们放在了一起，正如我小时候经常想的那样。但是很多事并没有像我设想的那样。"他沉默了几分钟，阿恩觉得他哭了，但他却没有。

"刚结婚时，她很安静但却很伤心，我不知道该说什么来安慰她，所以我什么也没说。之后，有时，她会显得很烦躁，这些我猜你可能也注意到了。对这个变化我什么也没说。但是我知道我们结婚后没过过一天真正开心的日子。到现在已经二十年了。"

他把那根棍子断成了两段，然后坐着看了一会儿。

"伊莱长大些了，我想她与生人相处也比在家快乐。我很少将自己的意愿强加在别人身上。好像每次我这样做，结局都很糟糕。正像这件事一样。妈妈渴望见到自己的孩子，尽管两家之间仅隔着个湖，但是正如我之前看到的，伊莱在牧师家接受的培训在某种意义上说对她是不利的，但是已经太晚了：现在我觉得她既不喜欢爸爸也不喜欢妈妈。"

他又摘下了帽子，长头发垂下来遮住了眼睛。他用双手把它们弄到了后面，戴上帽子，似乎要出去。但是正要起身时，他转

身看着房子,他控制住自己,一边抬头看着卧室的窗户,一边补充说:

"我觉得她和玛蒂尔德最好别当面说再见,但是我又错了。我告诉她那只小鸟死了,因为那是我的错,所以我觉得自己最好向她坦白,这又错了。所以我做的每件事都是错的。我总是想做到最好,但是结果总是最糟。现在的情况是,我妻子和女儿都觉得我不好,我真是太孤单了。"

一个女仆向他们高喊着说晚饭要凉了。巴德站起来。"我听到马在嘶叫了,有人肯定忘了喂它们。"他一边说,一边走去马厩给它们加干草。

阿恩也站了起来,他觉得自己似乎不知道巴德说没说过话。

 ## 12. 瞥见春天

病好后,伊莱感觉很虚弱。妈妈日夜不停地照顾她,从来不下楼。爸爸像往常一样地上来看她,脱掉靴子,把帽子放门外。阿恩也还待在这个家里。他和爸爸经常在晚上坐在一起,阿恩开始喜欢巴德,觉得他是个消息灵通、思想深邃的人,尽管有时候不敢把自己知道的说出来。巴德也以自己的方式喜欢着阿恩的陪伴,觉得阿恩能帮助他思考问题,告诉他自己不知道的事情。

伊莱开始一天能坐一段时间了。随着她的康复,她经常有各种各样的奇思妙想。一天傍晚,阿恩坐在楼下的房间里,清晰地高唱着,这时妈妈带着伊莱的信息下来了,问阿恩是否能上楼

唱，这样伊莱也能听清他唱的内容。似乎阿恩一直是唱给伊莱听的，因为当妈妈说话时，阿恩站起来，似乎要否认自己唱过，尽管没人指责他。但是他很快让自己镇静了下来，推诿地说自己不太会唱歌。妈妈说阿恩一个人的时候好像不是这样呀。

然后阿恩就什么也没说地上楼了。自从那天他帮着把伊莱抬上楼后就没见过她。他觉得伊莱一定变了很多，却有点不敢见她。但是当他轻轻打开门进去时，他发现屋里很黑，什么也看不见，就停在了门口。

"是谁？"伊莱小声却清晰地问。

"我是阿恩·坎本。"他以温柔又谨慎的语气说，这样他的话才能温柔地落地。

"你能来真是太好了。"

"你怎么样了，伊莱？"

"谢谢，好多了。"

"你不坐下吗，阿恩？"过了一会儿她说。阿恩摸索着走到床边的一个凳子处。"能听到你唱歌真是太好了，你能在这儿为我唱歌吗？"

"如果我知道你喜欢的歌曲。"

她沉默了会儿，然后说："唱个圣歌吧。"阿恩就唱了首坚信礼圣歌。唱完后，他听到伊莱在哭，所以就不敢再唱了。但是过了会儿，她说："再唱首吧。"然后阿恩就唱了首新教徒站在过道时唱的歌。

"我躺在这儿想了多少事情呀。"伊莱说。他不知道该回答什么,然后听到她又在黑暗中哭了起来。墙上嘀嗒走着的钟响着要报时,接着就报了时。伊莱做了好几次深呼吸,似乎要减轻胸部的压力。然后她说:"我知道得太少了,我不了解爸爸也不了解妈妈。我对他们一直都不好,所以听到这首歌我很伤心。"

"在黑暗中比看着对方的脸更能诚实地说话,也能说很多。"

"听到你这么说真是太好了。"阿恩答道,想起了伊莱刚生病时说过的话。

她明白阿恩的意思。"如果没发生这些事的话,"她继续说,"老天知道我还要多久才能明白妈妈。"

"那么,她最近和你聊了?"

"嗯,我们每天都聊。妈妈几乎不做别的事。"

"那你可能已经知道很多事情了。"

"可以这么说。"

"我想她说到了我爸爸?"

"嗯。"

"她还记得他?"

"嗯,她记得。"

"他对她不好。"

"可怜的妈妈!"

"但他对自己是最不好的。"

他们沉默着,阿恩在想那些没法说出的事情。伊莱先打破了沉默。

"据说你很像你爸爸。"

"大家都这么说。"他推诿地回答。

伊莱没有注意到他说话的语气，所以过了会儿又回到这个话题。"他也会写歌吗？"

"不会。"

"为我唱首歌吧，唱首你自己写的。"

"我没写过歌。"他说。因为他不习惯承认唱的是自己写的歌。

"我确信你写过，而且当我要求时，你会为我唱一首的。"

他以前从来没为任何人唱过歌，但是现在他为她唱了下面的歌。

树上的花蕾已经显出了棕色。"我要把它们带走吗？"霜冻一边说，一边卷席而来。"不，让它们开花吧。"大树乞求着，浑身上下地颤抖着。

大树开花了，小鸟在唱着。"我能把它们带走吗？"风一边呼啸着，一边说。"不，让浆果长出来吧。"大树说着，树叶颤抖着落了下来。

大树在仲夏长出了浆果，女孩说："我能不能摘走这些浆果？""能，你把这些浆果都摘走吧，它们是为你准备的。"大树一边说，一边弯下了自己硕果累累的树枝。

这首歌几乎让他喘不过气来。唱完他也沉默了一会儿，似乎把自己没法说出的唱出来了。

黑暗给身处其中的这两个人带来了很深的影响，他们谁也没说话：他们从来没这么近地靠近对方。如果她转动了枕头、动了毯子上的头或呼吸有点加重，他都能听见。

"阿恩，你就不能教我写歌吗？"

"你自己没试过吗？"

"试过，最近几天我试过。但我写不来。"

"那你想写哪方面的？"

"写我妈妈，她深深地爱着你爸爸。"

"这个话题太让人伤心了。"

"是呀，太让人伤心了，我还为此哭过呢。"

"不用找主题，它们会自动出现的。"

"怎么出现？"

"正像其他重要的事——出其不意地就出现了。"

他们都沉默了。"阿恩，你渴望到外面去吧，你有着这么美丽的内心世界。"

"你知道我渴望出去吗？"

她没有回答，而是一动不动地躺在那儿，似乎陷入了沉思。

"阿恩，你不要离开。"她说，这些话温暖了他的内心。

"哦，有时候我也不想离开。"

"你妈妈一定很爱你,我相信。我一定要见见你妈妈。"

"那等你好了,来坎本吧。"

就在一刹那间,他想象着伊莱坐在坎本明亮的房间里,看着远处的高山。他的胸脯开始起伏不定,全身的血液冲到了脸上。

"坎本很暖和。"他一边说,一边站了起来。

伊莱听到他起身的声音。"要走吗,阿恩?"他又坐了下来。

"你一定要经常来看我们,妈妈是那么喜欢你。"

"我也很喜欢来这儿……但是我有点事要处理。"

伊莱躺在那儿沉默了会儿,似乎在考虑什么。"我相信,"她说,"妈妈有事和你说。"

他们俩都觉得房间里越来越热;他擦了下眉毛,听到她起身的声音。除了墙上钟表的嘀嗒声,房间里或楼下听不见任何的声音。天上没有月亮,到处是深深的黑暗。当他看着绿色窗户的时候,他觉得自己似乎在望着一片森林;当他向伊莱看去的时候,他什么也看不到。但是他的思绪飘向了他,然后心脏还是剧烈地跳起来,连自己都能听到心跳声。眼前闪现着明亮的火花,耳朵里出现激流的声音,这时心脏跳得更快了。他觉得自己必须站起来或者说点什么。但是正在这时她高声说着:

"我多么希望现在是夏天呀!"

"如果是夏天呢?"这时他听到牲畜的铃铛声、山上的号角声以及山谷里传出的歌声;看到刚刚长出的绿叶,在阳光下闪闪发光的黑水河以及在跳舞的房子。这时的伊莱走出来,坐在河岸,正如他那天晚上看到的样子。"如果现在是夏天,"她说,"我会坐在山上,我想我会唱首歌。"

他开心地微笑着问:"那会是什么歌?"

"积极向上的歌,有关——呃,我自己也不太清楚。"

"告诉我,伊莱!"他激动地站了起来。但是想了想,又坐下了。

"不,不是为了整个世界!"她说,大笑了起来。

"你让我唱,我可唱了。"

"是,我知道我唱了;但是我没法告诉你,不行,没办法的!"

"伊莱,你觉得我会嘲笑你写的小词吗?"

"不,我认为你不会,阿恩。但那不是我写的。"

"哦,那是别人写的了?"

"嗯。"

"那么你一定要跟我说说啦。"

"不,不,我不能说。别再问我了,阿恩!"

最后几句话几乎要听不见了,伊莱似乎把头埋在了铺盖底下。

"伊莱,你现在可没像我以前对你那样对我呀。"他说着,站了起来。

"但是,阿恩,这不一样……你不明白我……但那是……我也不知道……下次吧……别逼我,阿恩!别离开我!"她开始哭起来。

"伊莱,怎么了?"伊莱的话就像阳光一样地照耀着他。"你不舒服吗?"尽管这么问,但阿恩觉得她不是这样。她还在哭,他觉得自己要不走近点，要不马上离开。"伊莱。"他听了听，"伊莱。"

"嗯。"

她止住了哭泣。但是他不知道自己该说什么，所以都沉默着。

"你想要什么？"她小声问，半转着身子。

"那是有关……"

他的声音颤抖着，然后停了下来。

"是什么？"

"你不能拒绝……我想让你……"

"是那首歌吗？"

"不是……伊莱，我很想……"他听到她的声音既快又深……"我很想……握着你的一只手。"

她没有回答；阿恩仔细听着——慢慢接近，然后紧握住了一只放在铺盖上的温暖的小手。

这时他们听到了上楼的声音，越来越近。门被推开了，阿恩松开了手。妈妈拿着蜡烛进来了。"我想你在黑暗中待的时间太长了，"她说，把烛台放在了桌子上。但是伊莱和阿恩都没法适应这光亮。她把脸埋进了枕头里，而阿恩用手遮着眼睛。"哦，一开始会有点疼，一会儿就好了。"妈妈说。

阿恩看着地板，似乎在找自己丢的东西，然后下楼了。

第二天，他听说伊莱打算下午下楼来。他把工具搜集在一起，然后告别了。当伊莱下楼的时候，他已经走了。

13. 玛吉特向牧师咨询

在高高的山上,春天来得很晚。在冬天每周三次经过公路的标杆,在四月每天只会经过一次。高地人知道外面的雪正慢慢被铲走,冰面也被敲破了,蒸汽机正在运转着。犁也放入了田地。这儿的雪还有六英尺高,牲畜们还待在畜栏里,鸟儿虽然回来了,但觉得冷,所以将自己藏了起来。不时会有过路人到来,说自己把马车留在了山谷里。他会带着自己在路旁摘的鲜花来。人们观察着季节的变化,讨论着自己的事情,抬头看着太阳和周围的事物,在想自己每天能做的事情。他们把灰撒在雪上,想着那些正在摘花的人。

正是在一年的这个时候，老玛吉特·坎本有一天去了牧师家，问能不能和牧师谈谈。她被请进书房，在那儿，苗条、金发、长相和蔼、有着大眼睛、戴着眼镜的牧师热情地接待了她。认出她后，牧师让她坐下。

"这次还是关于阿恩的吗？"他询问着，似乎阿恩经常是他们谈话的主题。

"哦，天哪，是的。我不会说他任何坏话，但这让人太伤心了。"玛吉特说，看起来特别伤心。

"他又渴望到外面去了吗！"

"比那还要糟糕。我想他甚至不能和我待到明年春天。"

"但是他答应过不会离开你的。"

"是的，但是，天哪，他现在应该有自己的主意了。如果他决心要出去，那他一定会离开的。到时候我该怎么办呀？"

"哦，你要知道，我觉得他不会离开你的。"

"嗯，可能吧。但是如果他不高兴待在家里，我就会觉得是自己妨碍了他。有时候我觉得自己甚至应该主动让他到外边去。"

"你怎么知道现在他比以往更渴望出去？"

"哦——根据很多事情。从隆冬开始，他就没在教区工作过一天。但是他去了镇上三次，每次都待很长时间。他现在工作时几乎不说话，过去可不是这样的。他会独自一人在楼上的小窗户那儿待好几个小时，看着峡谷，远眺着高山。整个礼拜天的下午他都会坐在那儿；有月光的时候，他经常会在那儿坐到深夜。"

"他再也没读书给你听吗?"

"不,每个礼拜日他都会读,也会唱给我听。但除了有时候很用心外,他似乎总是很匆忙。"

"那么他从不和你讨论事情吗?"

"呃,说,但是太少了,所以我有时会坐着哭。然后我想他注意到了,因为他开始和我交谈,但都是些琐事,从没有说过什么大事。"

牧师在房间里走来走去,然后停下来问:"但是你为什么不去和他谈谈他的事呢?"

很长时间她都没有回答,她叹了几次气,低下了头,又看着一边,把手绢叠了起来,最后说:"神父,我来是要跟您说一直压在我心头的一件事。"

"想说就说吧,这样你会好起来的。"

"嗯,我知道。因为这些年来都是我一个人承担着这一切,现在他变得越来越沉重了。"

"哦,那是什么事,我亲爱的玛吉特?"

她开始哭。牧师走近她。"忏悔吧,"他说,"我们一起祈祷能获得宽恕。"

玛吉特抽泣着擦了擦眼睛,但当试着说话时又哭了起来。牧师试着安慰她,说她不可能做什么邪恶的事,她一定是对自己太严苛了,等等。但是玛吉特不停地哭,直到牧师坐在她旁边说了更多鼓励性的话,过了会儿,她才开口:"阿恩小时候做了很多事，所以他渴望能到外面去。然后他遇见了克里斯丁——他在淘金的地方发了大财。克里斯丁给了他很多书，所以他很有学问。他们过去经常在傍晚坐在一起。克里斯丁走的时候，阿恩想跟着他走。但是那时候，他爸爸过世了，孩子向我承诺说永远不离开我。但我就像个孵鸭蛋的母鸡。当鸭子破壳出来的时候，他会到宽广的水面，我就被留在了岸上，呼喊着他。如果他没有出去的话，他的心已经在歌曲中飘走了。每天晚上，我都时常发现他的床是空的。

"那时，我收到了一封他的来自国外的信。我知道一定是克里斯丁写的。愿上帝宽恕我，我把信藏起来了，我想不会再有信了，但是又来了一封信。因为把第一封信藏起来了，所以我也必须把第二封藏起来。但是，天呀，那些信似乎要从我放信的盒子里跑出来。早晨一睁开眼睛，我就会想着这些信，一直到晚上我合上眼睛我都会一直想着。然后——你听说过比这更糟糕的吗？——又来了一封信。我握着那封信握了一刻钟，又在怀里放了三天，心里想是把信给他还是把信和其他的放在一起。但那时我想这封信会使阿恩离开我，所以我情不自禁地又把它放到了盒子里。但是现在我每天都感到很痛苦，不仅是因为盒子里的那些信，而且也害怕还会有信来。当我们一起坐在屋里的时候，我害怕进来的每一个人。每次听到门响，我都会颤抖，害怕可能是谁拿着信进来，害怕阿恩看到信。当他去教区的时候，我会在屋里转来转去，想他可能会在那儿收到信，然后知道之前的那些信。

当看到他回来的时候，我会看他脸上的表情。哦，天呀，当他微笑的时候，我是多么高兴呀，因为我知道他没收到任何信件。他长得很英俊，就像他爸爸一样，只是看起来更谦和。而且他有着这么好的嗓音。当他在夕阳的余晖中坐在门口，朝着山岭唱着歌，静静听回声的时候，我觉得自己生命中不能没有他。只要能看见他，或者知道他就在附近，我就知足了。他似乎很高兴，并时不时地回应着我，对这个世界我还祈求什么呢，我再也不会掉一滴眼泪。

"但是当他似乎和人们相处得更好、更快乐了时，邮局传来消息说又来了一封信，里面还有两百美元。我觉得自己当时就要摔倒在原来的地方了。我能做什么呢？那封信，我可以解决，但是钱呢？因为这个，我有两三个晚上都睡不着觉，一会儿我把它丢在楼上，一会儿又放在地窖的木桶后面，有一次我还过分地把它放在窗户那儿，想让他看见。但是，当我听到他回来的声音，我又会把它收起来。但是我最后找到了一种方法：我把钱给了他，告诉他这是我妈妈长期存款的利息。他把钱投入到田地里，正像我所想的那样。所以这个钱也不算是浪费了。但是就在那个收获的季节，一天晚上他坐在家，开始和我谈起了克里斯丁，还在纳闷儿他为什么把自己忘得一干二净。

"这时，那个伤口被撕开了，我感到那个钱烧得滚烫，自己不得不走出房间。我有罪，而且这个罪将没有尽头。从那以后，我几乎不敢看他的眼睛。

"对自己的孩子犯错的妈妈是世界上最痛苦的妈妈……但我这么做都是为了爱……我猜,我将会失去我最爱的作为惩罚。因为从那个隆冬开始,他又开始唱那首自己渴望到外边的歌曲了。他从还是小孩子起就开始唱那首歌。每当我听到,脸色都会很苍白。然后就觉得自己可以为他放弃一切,而只为了看到这个。"她从怀中掏出了一张纸,打开,然后给了牧师。"他不时会在这儿写些东西,我想是这个调的歌词吧……我把它拿来,是因为我不认识……您能不能看看这是不是他写的有关到外面去的歌……"

纸上只有一篇完整的歌词。而第二首歌,只有没写完的几行字,好像这首歌他之前忘了,又想起来一样,一行接一行的。第一首歌是这样写的:

"站在高山上,我会看到什么?现在我只能看到白雪皑皑的山峰,覆盖在长满松树的悬崖之上,等待并渴望着能接近挥着手的天空。"

"是有关到外面去的歌吗?"玛吉特问。

"嗯,是的。"牧师一边回答,一边把纸放了下来。

"我不是对这个太有自信了吧!啊,我呀,我知道这个曲调。"她双手交叉着坐在那儿,专注又焦急地看着牧师的脸,一颗颗泪珠从脸上滑落下来。

牧师在这件事上也不知道该怎么办。"呃,我想这件事就交由孩子自己处理吧，"他说，"生活也不会因为他而有什么变化，但是能在生活中发现什么要靠他自己了。现在他似乎想要出去寻找生活美好的一面。"

"但那不是丑老太婆做的事吗？"

"丑老太婆？"

"是呀，她是不在墙上开窗户让阳光进来，反而想去把太阳拿来的人呀。"

牧师对玛吉特的话非常吃惊，正如之前当她谈到这个话题时的吃惊一样。但是八年来，除了这件事，她几乎没考虑过别的事。

"你认为他会离开吗？那我要做什么？钱怎么办？信呢？"所有这些问题立即涌入了她的脑海。

"呃，至于那些信，你那么做不对。保存本来属于你儿子的东西也不地道。但更糟糕的是让克里斯丁这个家伙在不应该出现的时候出现。尤其阿恩很喜欢他，他也特别喜欢阿恩。但是我们来祈祷上帝能宽恕你吧，我们来一起祈祷吧。"

玛吉特仍然双手交叉着坐在那儿，头低了下去。

"如果我只知道他会待在这儿，我怎么能祈祷他宽恕我呢！"她说。无疑，她把上帝和阿恩混淆了。但是牧师似乎没注意到这点。

"那你打算直接向他告白吗？"他问。

她低着头，小声地说，"如果敢说的话，我更愿意再等一会儿。"

牧师微笑着将头转向一边，然后问："难道你不相信，你把忏悔的时间推迟得越长，你的罪越重吗？"

她用手扯着手绢，将它叠成了一个小方块，然后又试着叠成更小的方块，但却没办法。

"如果坦白了那些信，恐怕他就会离开了。"

"那么，你是不敢依赖我们的上帝吗？"

"哦，不，我是依赖上帝的。"她匆忙说着，然后她小声地补充着，"但是如果他要离开我呢？"

"我看你更害怕他离开你，而不是自己继续犯罪吧？"

玛吉特又把手绢抻开了，蒙上自己的眼睛；因为她开始哭起来。牧师静静地看了她一会儿，然后接着说："如果这会让什么事发生，那你为什么不全都告诉我呢？"他等了很长时间，但玛吉特却没回答。"可能你认为人在忏悔时罪孽会减轻一些吧？"

"是的，我是这么认为的。"她用很小声的音说着，又把埋在胸前的头埋得更深。

牧师微笑着站起来，"呵呵，我的好玛吉特，勇敢点，我希望一切都会变好。"

"您这样想吗？"她问，抬起来头。一丝悲痛的微笑滑过了她满是泪水的脸。

"嗯，我是这么想的。上帝不会再试探你了。我肯定，你的晚年生活一定会很幸福。"

"我只要一直这样就很好很幸福了!"她说。牧师心想,一直活在这样的焦虑中,她似乎不奢望任何更大的幸福。他笑了笑,把烟斗塞满了。

"如果我们现在能有个迷倒他的小女孩,我肯定他会留下的。"

"这个我也想过。"她说,摇了摇头。

"呃,伊莱·伯恩,她可能会让阿恩兴奋起来吧。"

"这个我也想过。"她说,上半身前后晃动着。

"如果我们设计让他们在这儿多见面,比以前还频繁呢?"

"这个我也想过!"她拍了拍手,看着牧师的脸上划过一丝微笑。牧师停下来,将烟斗点上。

"要知道,可能这就是我们今天谈话的原因?"

她低着头,将两个手指放入叠着的手绢中,将一角拉了出来。

"啊,好吧,愿上帝帮助我,可能这就是我所想要的。"

牧师在来回地踱步,然后微笑着说:"你上次来可能也是因为这件事吧?"

她将手绢的一角拉得更远,犹豫了会儿,"嗯,既然您这样问,应该都是这样吧。"

牧师又吸了口烟,"那么,也是到现在你才决定要进行良心的忏悔吧。"

她将手绢展开,又快速地叠了起来。"不,啊,不,这件事压得我喘不过气来,我觉得自己必须得告诉你,神父。"

"哦，好，好，我亲爱的玛吉特，咱们不谈这件事了。"

然后在他来回踱步时，他突然问："你觉得是自己心里想要来找我的吗？"

"嗯——我已经说了这么多。而且我敢说，我最后也会这么做的。"

牧师大笑了起来，但却没有告诉玛吉特他心里想的。过了一会儿，他站着一动不动，"好吧，我们一起来解决这件事，玛吉特。"他说。

"愿上帝保佑您！"她起身要离开，因为她明白牧师已经把想说的都说了。

"以后我们好好关照他们。"

"我不知道要怎样感谢您。"她说，满含谢意地握着他的手。

"愿上帝与你同在！"他答道。

她用手绢擦了擦眼睛，向门口走去，又表达了自己的谢意。她慢慢打开门，在关门的时候说了声"再见。"那天她步履如此轻松地向坎本走去，好像有好多年没有这样走过了。当她走得很远时，能看到浓烟从烟囱中愉快地盘旋上升。她祝福阿恩、牧师，以及这整个地方，又想起来晚上他们会吃到她最喜欢的熏肠。

14. 找到丢失的歌曲

坎本是个美丽的地方，坐落于平原的腹地，一边与峡谷接壤，另一边紧挨着大路。在路的另一边是一片茂密的森林，背靠着高高升起的山脊。而所有这一切被顶部是皑皑白雪的青山所围绕。峡谷的另一面也是一片山脉，这些山在伯恩家附近环绕着黑水河，越往坎本方向走，山势越高，但是山却突然转向了一边，形成了一个巨大的称作低地的山谷，而坎本是高地里的最后一个地方。

住所的前门正对着那条路，在大约有两千步的距离外，一条两边布满桦树叶的小路通向那儿。房子的前面是一个小花园，阿恩按照书中的要求经营着这个花园。牛棚和谷仓几乎都是新建的，位于房子的左边，围成了一个广场。房子有两层楼高，被漆成了红色，而门和窗棂却是白色的。屋顶是由草皮盖成的，上面长着很多小植物。屋脊上是个风向轴，看起来就像个尾巴高高翘起的铁公鸡。

春天已经来到山上。那是一个星期天的早晨，天气既温和又安静，但空气有点沉重，浓雾环绕着森林，尽管玛吉特说天气很快会转晴的。阿恩已经跟妈妈读过了布道经文，也唱过圣歌，他感觉很好。现在他穿好衣服准备去牧师家。当他打开门，树叶清新的味道迎向他；花园在早晨的微风中露珠闪闪。从峡谷处传来了瀑布的咆哮声，一会儿是低沉的声音，一会儿又变成巨大的轰隆声，直到周围的一切似乎也跟着颤抖起来。

阿恩大步走着。随着离瀑布越远，轰隆声越变得不那么可怕。很快，这声音就渐渐变得低沉，然后，消失在远方。

"无论阿恩去哪儿，愿上帝与他同在。"妈妈说。她打开窗户注视着他，直到他消失在灌木丛的后面。浓雾慢慢升了起来，太阳明亮地照射着，田地和花园顿时充满了崭新的生命。阿恩种植并照料的那些东西开始愉快地生长着，并将这种欢快的气息传递给妈妈。"春天对于熬过长长冬日的人来说是美丽的。"她一边说，一边看向远处的田地，似乎陷入了沉思。

阿恩去牧师家其实没有什么事，但是他想自己可以去那儿问下有关他和牧师共享的报纸的事。最近他读到了有几个在美国淘金成功的挪威人的名字,其中就有克里斯丁。他们的关系从他离开后一直持续到现在,但是阿恩最近听到传言说,他们觉得克里斯丁很快要回来了。阿恩觉得自己也可以在牧师家打听到这方面的消息。而且,如果克里斯丁已经回来了,自己可以在春天和收干草的间隙去看看他。这些想法一直盘旋在他的心头,一直到他看到另一边上的黑水河和伯恩。那儿的浓雾也已经升起,但却盘旋在山间迟迟不愿离去。而山峰高耸着,阳光照射着平原。右手边森林的阴影笼罩着整个湖水,但是房子前面的那条湖已经将自己的白沙撒满其平坦的湖岸。突然,阿恩觉得自己身处在自己视作榜样的白色门窗的红房子里。他想的不是自己起初在那儿度过的灰暗的日子,而是他们一起看到的夏天——他和伊莱——坐在她的病床边。从那儿以后他再也没去过那儿,也没有出去闯世界。想到这些会使他不自觉地脸红,但是这件事他一天会想好几次。如果的确有什么让他远离教区的话,那就是这件事。

他继续大步向前走着,似乎要逃脱自己的那些想法。但是他走得越远,离伯恩越近,他向那儿看得就越多。浓雾已经消失,山间的天空万里无云。鸟儿在晴朗的天空中上下翻飞,召唤着对方。田地因数百万盛开的鲜花而展开笑靥。在这儿没有震天的瀑布让快乐屈服于敬畏,而是充满了欢笑嬉戏着的生命,毫不拘束,一刻也不停。

阿恩走呀走,一直走到自己汗流浃背,这时他把自己扔向山影后面的草地，看着伯恩。但是他很快转头不让自己看见他。然后他听到上面传来了歌声，清晰得让他觉得自己似乎以前没有听过歌曲。歌声飘过草地，与鸟儿的啁啾声交织在一起。他在听到歌词的同时也听过了曲调：曲调是他最喜欢的，而歌词也是从小就盘踞在他脑海中的，但却在写出歌词的当天忘得一干二净。他跳起来，似乎要抓住它们，但是停下来静静听着，一段段的歌词涌入脑海：

越过高山，我会看到什么？现在我只能看到白雪皑皑的山峰，高悬在长满松树的悬崖，等待并盼望着有一天能升起，接近在频频招手的天空。

远处的老鹰正在高高升起，越过高山，在这个愉悦的日子用力地扇动翅膀，或向下或向前地扑向远方的猎物。

苹果树却不愿越过高山。你高兴地生长在夏日的光辉里，耐心地等待着冬雪的到来。尽管鸟儿在你枝头歌唱，但你却不知道它们在唱什么。

二十岁的小伙子渴望越过高山——之后他将不会看到背后的山脉变得越来越小。当鸟儿在枝头嬉戏时，他听到了它们的声音。

鸟儿，你们为什么要叽叽喳喳地越过高山来到这儿。你们本可以在更阳光的地方飞翔，在更接近天空的地方筑巢。你们为什么渴望宁愿不要翅膀也要来到这里?

我也要不越过高山吗?岩墙会成为我的牢笼和坟墓吗?——直到我裹着裹尸布躺在你的脚下?

离开,我要离开,我要远远地离开。在这儿我每天都在下沉,尽管我的灵魂选择了最高尚的方式,让它自由飞翔吧。不,我要敲击着墙壁直到死亡。

我知道,总有一天要越过高山。上帝,您的大门已经打开了吗?——家是温暖的,但是请为我阻挡一会儿,帮助我向您走来。

阿恩站在那儿,静静地听着,直到最后一段,最后的歌词慢慢消失;然后听到了鸟的叫声和嬉戏声,他一动也不敢动。但他必须弄清楚唱歌的那个人,所以他抬起脚,小心翼翼地走着,连草的沙沙声也听不到。一只小蝴蝶落在他脚边的花上,飞起来,又落在了他前面的路上,然后又飞起来,又落下,就这样走过了小山。他很快来到一片浓密的灌木丛,停了下来,因为一只鸟惊恐地叫着从灌木中飞了出来,匆忙地飞到了山边。这时坐在那儿的她抬起头来。阿恩俯身下去,心脏在剧烈地跳动着,直到听到自己的心跳。他屏住呼吸,唯恐会打扰到一片树叶,因为他看到的人是伊莱。

过了很长时间他才敢再抬头看;他希望能走得更近些,但是他想那只鸟可能将巢搭在了灌木下,害怕自己会踩到。这时他在一张一合的树叶间偷看着。阳光洒落在她身上。她穿着一件黑色紧身裙,长长的白色袖子,戴着一顶男孩子戴的草帽。一本书放在她腿上,书上放着一大束野花。她的右手在无意识地把玩着那些花,似乎陷入了沉思;左手支着头。她向鸟儿刚刚飞走的地方看去,似乎刚才哭过了。

还有比这更漂亮的吗?阿恩之前从来没有见过或梦到过这样的场景。太阳将自己的光芒洒向她和整个地方;那首歌仍然萦绕在她周围,这使得阿恩几乎没法思考或呼吸。甚至他的心跳都与整个场景相一致。奇怪的是,寄托了他所有渴望的歌连他自己都忘了,而她却找到了。

一只黄蜂围着她转了很多圈,每次黄蜂飞来她都举起花茎,终于把它赶跑了。然后她拿起那本书,打开,但却很快又合上了,像以前那样坐着,开始哼唱另一首歌。他能听到那首歌是《树上早开的花蕾》,尽管她经常出错,好像根本不记得歌词和曲调。她最熟的一段是最后一段,所以她经常重复这一段。她是这样唱的:

"大树长出了浆果,又甜又红。一个可爱的少女说:'我能不能摘走这些浆果?' '能,你把这些浆果都摘走吧,你看到的所有浆果,它们都是为你准备的。'大树塔啦啦-塔啦啦地说。"

然后她突然站起来,将所有的花散落在自己的周围,一直唱到整个曲调在空气中颤抖着,连远在伯恩的人也能听到。当伊莱开始唱的时候,阿恩就想着要出来。他正要这么做时,伊莱跳了起来。这时他感觉自己必须出来了,但是她却走开了。要喊她吗?不——要!不!她一边唱着一边走过山丘,一会儿她的帽子掉了,然后她又捡起来。她在这儿摘一朵花,又站在最高的草丛的深处。

"要喊她吗?她正抬头看这儿!"

他俯身下去。过了很久才敢又偷看了一下。起初他只抬了下头,看不见她;他半屈着,还是看不到她;他站直,还看不见;她已经走了。他觉得自己真是个可怜的人,这时在采坚果聚会上听到的一些故事进入了他的脑海。

他不去牧师家了,不要报纸,不想知道任何有关克里斯丁的事。他不回家,哪儿也不去,什么也不做。

"哦,天呀,我心里太难受了!"他说。

他又跳起来,开始唱《树上早开的花蕾》,直到群山都在回应。

然后他在伊莱原来坐着的地方坐了下来,拿起了伊莱摘的花,但却又把它们猛扔下了山。他哭了起来。他很久没有这样哭过了。这件事触动了他,让他不停地哭。他要远走他乡,他要走;不,他再也不走了。他觉得心里很难受,但是当他问自己原因时，自己也讲不出来。他看了看四周，这是个好天气，一切安静得就像安息日那天一样。湖水没有一点涟漪，烟开始从房子上盘旋着升起；鹧鸪也一个接一个地停止了叫声。尽管小鸟叽喳个不停，但是已经进入了树林的怀抱。露珠已经消失，小草看起来无精打采的，没有一丝风来晃动低垂无力的树叶，太阳已经接近了子午线。他就这样坐着，无意中就拼凑出一首小歌，又想到一支甜美的曲调与它相配。这时，很奇怪的，他的心中充满了温柔的感觉。曲调在不断地回旋，直到和歌词串起来，并急切地要唱出口。

他坐在伊莱原来坐过的地方，轻轻地唱着：

他在森林里待了一整天，一整天。因为他在那儿听到了一首奇妙的歌曲，一首奇妙的歌。

他的笛子是由柳条做的，柳条做的。想要知道能不能吹出甜美的曲调，甜美的曲调。

它低语着，最后说出了自己的名字，自己的名字。但正当他在听的时候，它消失了，它消失了。

但是当他睡觉的时候，它又会溜走，溜走，同时爱情撒向他的灵魂，他的灵魂。

然后他试着抓住它，紧握它，紧握它；但是当他醒来时，它那天晚上就消失了，消失了。

老天，让我在晚上也走吧，我祈祷，在晚上，我祈祷；因为那个曲调已经将我的心带走，将我的心带走。

这时上帝回答，'那是你的朋友，你的朋友，虽然你的渴望一分钟也没终止过，没终止过。'

而且所有其他的对你来说都不算什么，不算什么。
你最渴望见到的将不会再见到，不会再见到。

15. 某个人未来的家

"再见。"玛吉特走到牧师的门口说。那是一个周日的晚上,马上要到夏天了。牧师从教堂回来后和玛吉特一直坐到七点钟。"再见,玛吉特。"牧师说。她匆忙走下台阶,向着院子走去。因为她看见伊莱在那儿和弟弟以及牧师的儿子玩。

"晚上好。"玛吉特说,停了下来,"愿上帝保佑你们!"

"晚上好。"伊莱答道。她脸变得通红,想要结束游戏。男孩们央求她继续,但是她说服他们那天晚上不玩了。

"我想我认识你。"玛吉特说。

"有可能。"

"你是伊莱·伯恩吧?"

"嗯,我是。"

"天哪!你就是伊莱·伯恩。是,现在我看出你长得很像你妈妈。"

伊莱赤褐色的头发披散在脖子和肩膀上。她觉得很热,脸红得像樱桃,胸脯快速起伏着。她几乎没法说话只能微笑着,因为她已经喘不过气来了。

"哦,年轻人就应该快乐。"玛吉特说,看着她也觉得很高兴,"你可能不认识我吧?"

如果不是玛吉特年长,伊莱本想着问她名字的。但是现在她只能说不记得以前见过她。

"不,你应该没见过我。我们这些老人现在不经常出来。但是我儿子——阿恩·坎本,你可能知道吧。我是他妈妈。"玛吉特说着偷瞄了伊莱一眼。而伊莱听到这个,突然变得很悲伤,呼吸也缓慢起来。"我确定他在伯恩工作过。"

是的,伊莱想他的确在那儿工作过。

"今儿晚上可真好,早晨我们把干草翻了下,我来之前又把它们收到屋里了。现在的天气适合做任何事。"

"今年干草会有个好收成吧?"伊莱说。

"是的,可以这么说。我想,伯恩的一切也很好吧?"

"我们也把所有的干草收好了。"

"哦,是呀,我猜也是这样。你们都很勤奋,也有很多帮手。

今天晚上你回家吗?"

不,她不回家。

"你能和我走一段吗?我极少和别人说话。我想你也是这样吧?"

伊莱推脱着,说自己没穿夹克。

"呃,向第一次见面的人要求这样的事真是太不好意思了。但是你们也得适应我们这些老人的做事方式。"

伊莱说可以和她走一段,只是要先把夹克拿来。

那是一件紧身连衣裙,系上的时候就像个有着紧身上衣的裙子。但是伊莱只系上了下面的两个钩子,因为她觉得很热。她这制作精良的亚麻紧身上衣有个小翻领,上面系着个正要展翅飞翔的小鸟形状的银扣。裁缝师尼尔斯第一次和玛吉特跳舞的时候就有这个纽扣。

"纽扣很漂亮。"她看着纽扣说。

"我妈妈给我的。"

"哦,我也是这么想的。"玛吉特一边说,一边帮她穿衣服。

她们朝着田地走去。干草成捆地晾晒着;玛吉特拿起一把,闻了闻,觉得晒得很好。她问了问牧师家牲畜的事,又顺便问到了伯恩那儿的牲畜,然后也对伊莱说了坎本养了多少牲畜。"这些年农场扩大了不少,可能有原来的两倍。阿恩养了十二头产奶的牛。他本可以再多养点的,但他读的书太多了,也根据书上写的来管理,所以所有的牛都是以这样一流的方式来饲养的。"

正如可以预料的，伊莱对此什么也没说。玛吉特然后问了问她的年龄。她有二十多了。

"帮着做过家务吗？我猜，没怎么做过吧——你穿得看起来很整洁。"

不，她经常帮着做家务，尤其是在晚上。

"哦，每个人都最好能做点事。拥有大房子的人有很多事要做。但是，当然，如果能找到好的帮手，那就没什么关系了。"

这时伊莱觉得自己必须回去了，因为她们已经走得离牧师家很远了。

"要好几个小时太阳才会落山。如果你能和我再聊会儿就太好了。"然后伊莱就继续走着。

就这样玛吉特又开始谈起阿恩。"不知道你是否知道他。他什么也能教。天呀，他读的书可真多。"

伊莱承认自己知道他读过很多书。

"是的，对于阿恩来说，这是最不值得说的。但是一直以来他对待妈妈的方式，却应该好好说说。古语说得好，对妈妈好的人也会对妻子好。阿恩所选的人一定不会抱怨的。"

伊莱问她们前面的房子为什么漆成了灰色。

"啊，我猜他们没有别的颜色吧。我只希望阿恩对妈妈所尽的孝道有一天会有所回报。当他娶妻后，他的妻子应该是有教养，善良的。你在找什么，孩子？"

"我只是把小树枝扔了。"

"天呀。你可以想到,当我一个人坐在那边的森林里,我想了很多事。如果有一天他能把一个给家人带来祝福的妻子娶回家,我知道很多人都会很欣慰的。"

她们都沉默着,不看对方地继续走着。但是很快伊莱站住了。

"怎么了?"

"我的一个鞋带松了。"

玛吉特等了好久,鞋带才系好。

"他很多时候都很奇怪,"她又开始说着,"他小时候受过恐吓,所以对所有的事他都有自己的思考方式。而那些人没勇气走上前来。"

这时,伊莱觉得必须回去了。但是玛吉特说坎本离这儿只有半英里,的确是不太远了。那么既然离得这么近,伊莱就必须去拜访下。但是伊莱觉得太晚了。

"一定有人送你回去的。"

"阿恩的确不在家。"玛吉特说,"但肯定还有别人呢。"伊莱也不太反对了。

"只要我不太晚回家就行。"她说。

"是呀,如果我们继续站在这儿聊,我敢说,应该会晚的。"所以她们又继续走着,"在牧师家长大,我猜你也读过很多书吧?"

是的,她读过很多。

"你丈夫知道的不太多时,这会很有用。"

不,伊莱觉得自己不会有丈夫。

"呃,不,可能,毕竟这不是最好的事。但是这儿的人都没什么学问。"

伊莱看着自己的正前方,问这是不是坎本。

"不,这是格兰色特拉,紧挨着森林。我们再往前走,你就能看到坎本。不妨这么想,坎本是个很适合居住的地方。它似乎有点乱,但是没关系。"

伊莱问森林里的烟是怎么来的。

"烟是从坎本的一个仆人住所冒出来的。一个叫欧珀兰德兹·克努特的人住在那儿。他一直都是一个人生活,后来阿恩给了他一块地让他种。可怜的阿恩,他知道孤独是什么感觉。"

她们很快走到能看见坎本的地方。

"那是坎本吗?"伊莱问,站在那儿手指着前方。

"嗯,那是坎本。"妈妈说,也站在那儿。阳光洒在了她们的脸上,所以她们用手遮着眼睛看着平原。平原的中间坐落着一座有着白窗棂的红色房子。刚割过的苍白的草地间长满庄稼的玉米地。草地上的干草已经打成了捆。畜棚边是那么的热闹、鲜活。牛、绵羊和山羊都回家来了,它们的铃铛在叮当响着,狗在吠,挤奶工在喊着。而在这一切的上面,峡谷中的瀑布在高声唱着。伊莱走得越远,瀑布声越充斥着她的耳朵。直到最后这声音让她觉得有点可怕。它呼啸盘旋在她的头脑中,她的心开始剧烈地跳动着,感到头晕目眩。她觉得如此的压抑,所以不自觉地开始小心翼翼地走,使得玛吉特央求她走快点。她开始走快了起来。

"我从来没听过像这个瀑布这么大的声音。"她说,"我很害怕。"

"你很快会习惯的,也会最终忽视它的。"

"你这么认为吗?"

"嗯,你会很快看到的。"玛吉特笑着说。

"来,我们先看看牲畜。"她一边说,一边走向小路,"两旁的树都是尼尔斯种的,他想要使一切都美好。尼尔斯是这样,阿恩也是这样。看,这是他开垦的花园。"

"哦,可真漂亮。"伊莱高呼着,快速地向花园栅栏走去。

"我们来一个一个地看。"玛吉特说,"现在我们必须在牲畜被锁起来之前先去看它们。"但是伊莱却没听见,因为她所有的心思都放在花园上。她站在那儿看着它,直到玛吉特又喊了她一声。她一边走,一边偷偷扫了眼窗户,但却没看见里面有人。

她们走到牛棚,低头看着那些牛一边叫着一边进到棚里。玛吉特一个一个地将名字说给伊莱,并告诉她每头牛产多少奶,哪头牛会在夏天产崽,哪头不会。绵羊被清点后圈了起来,它们来自一个外国品种,是阿恩从南部买来的两只羊羔养起来的。"每件事他都有自己的目标。"玛吉特说,"虽然没人会这么认为。"然后她们进到畜棚,看着已经收好的干草。伊莱一定要上前问问。"因为这种草不是在哪儿都能见着的。"玛吉特说。她从畜棚口指向田地,说那些田地里种哪些草,每块种有多少。一共有三块地是刚耕过的;今年考虑到土地的情况,第一次种上土豆。那儿的那块地也是刚耕过的。但是我猜那儿的土壤不一样,因为他在那儿种的是大麦;但是他把草灰撒在上面当肥料,他能照顾到所有的事情。哦,无疑,他妻子来到这儿后会发现一切都井然有序。她们出来后向住所走去。伊莱之前对玛吉特说的所有的话都不置可否。但当她们走过花园时,她问自己能不能进去。当得到肯定的回复时,她乞求能摘一两朵花。花园的一角有个座位。伊莱走到跟前,坐在了上面——可能只是想试试,因为她马上站了起来。

"咱们必须得快点了,否则就太晚了。"玛吉特站在屋门口说。然后她们走了进去。玛吉特问伊莱是否需要休息下,因为这是她第一次来坎本。但是伊莱脸变得很红,很快拒绝了。她们看着阿恩和妈妈在白天用的房间。房间不太大,但是温馨宜人,窗户朝着大路。房间里有一个钟表和一个火炉,墙上挂着尼尔斯的小提琴,虽然既旧又黑,但琴弦却是新的。旁边挂着的是阿恩的一些手枪、英式钓鱼用具和其他不太常见的东西。妈妈把它们拿下来给伊莱看,而伊莱一边看一边摸。房间没有粉刷,因为阿恩不喜欢。这个漂亮的大屋里也没有东西对着峡谷,而房子的另一面朝着绿意葱葱的群山,背靠着蓝色的山峰。厢房的两个小房间都粉刷了,因为其中一间是让妈妈年老时住的,另一间是阿恩和妻子住的;玛吉特非常喜欢粉刷,所以这些房间里的屋顶都漆成了玫瑰红色,她的名字也漆在壁橱、床架和所有应该或不应该漆的地方。因为这是阿恩自己弄的。他们看了厨房、储物间和烘焙间。现在她们要到楼上的房间,"好东西都在楼上呢。"妈妈说。

与楼下的房间相比,楼上的房间更舒服。但是除了朝向峡谷的那间外,其他的都是新的,还没有住过。房间里挂着各种各样的家庭用品,但不是日用品。这儿挂着很多皮被单和其他的铺盖。妈妈将它们拿住,举了起来。伊莱也照着做。她满心欢喜地看着这些东西,有的会连着看两遍,问着各种各样的问题,同时对这些东西越来越感兴趣。

"找到阿恩房间的钥匙了。"妈妈一边说,一边把它从箱子下面拿出来。她们走进房间。它面朝着瀑布。瀑布可怕的轰隆声再次充斥着她们的耳朵,因为窗户是开着的。除了在稍远的地方能看到水流全速跳入下面深渊处的一块大石头外,她们只能看到悬崖间升起的水柱,而看不见瀑布。石头的上面满是新鲜的草皮。几棵松果树将根扎在石头的裂缝中,已经长成了大树。风在摇晃扭动着它们,瀑布也在冲击着它们,所以它们没有一个树枝与根部少于八英尺远。它们身上布满树结,又都是弯曲的,但却高耸在石墙之间。伊莱向窗外望去,首先映入眼帘的是这些树。然后她看到青山后面高高升起的白雪皑皑的山峰。她的眼睛扫过肥沃的田野回到屋里。这时她看到的第一个东西是一个大书架。书架上的书特别多,连伊莱都觉得牧师家的书也没这么多。书架下面是个阿恩放钱的壁橱。妈妈说他们的钱已经翻了一倍,如果一切顺利的话，他们的钱会更多。"但钱毕竟并不是世上最好的东西。阿恩可以得到更好的。"

壁橱里有很多好玩的小东西。伊莱看着它们，快乐得就像个孩子。然后妈妈让伊莱看了看阿恩放衣服的大箱子。她们也把衣服拿出来看了看。玛吉特拍了拍伊莱的肩膀。"之前我从来没见过你，但是今天我已经很喜欢你了，孩子。"她一边说，一边满含深情地看着伊莱的眼睛。伊莱还没来得及感到不好意思，玛吉特就拉着她的手小声说："快看这个小红箱子，里面的东西十分珍贵。"

伊莱看了一眼箱子：它是小四方形，伊莱觉得自己也很想要一个这样的箱子。

"他不想我知道里面装的什么。"妈妈小声说，"所以他总是把钥匙藏起来。"她走到墙上挂着的一些衣服旁边，把一件天鹅绒马甲拿下来，摸了摸口袋，找到了钥匙。

"咱们一起来看看。"她小声说。她们轻轻地走过去，在箱子前跪下来。妈妈一打开箱子，一股甜蜜的香味碰撞着她们的嗅觉，这使得伊莱还不知道里面是什么的时候就开始拍了拍手。最上面的是铺展开来的一个手绢。妈妈把它拿了出来。"来，快看。"她一边小声说，一边拿出了一个不会是男士戴的精良的黑色丝绸围巾。"这看起来是女孩戴的。"妈妈说。伊莱将围巾在腿上展开，看着它，却没说一句话。"还有一条。"妈妈说。伊莱情不自禁地把围巾拿起来，这时妈妈坚持让伊莱试试，但她却往后退，低下了头。她不知道这样一个围巾她会用什么来交换，但她想的不止这些。她们慢慢地把这些东西叠了起来。

"看这些。"妈妈一边说，一边拿出了一些漂亮的缎带。"这些东西看起来都是女孩的。"伊莱的脸变得通红，但却什么也没说。"不止这些。"妈妈一边说，一边又拿出了一些做连衣裙的黑色好布料。"这是好布料，我猜。"她补充着，将布举到光线下。伊莱的手颤抖着，胸脯快速地起伏着，她感到血液冲到了头上。她本可以高兴地走掉的，但却没法这样做。

"每次到镇上，他都会买点东西。"妈妈接着说。伊莱几乎再也没法忍受。她一件件地看着箱子里的东西，又转头看着布料，她的脸烧得通红。妈妈又拿出一样用纸包着的东西。她们打开后发现是一双很小的鞋。她们从来没见过这样的鞋，妈妈很奇怪它们是怎样做成的。伊莱什么也没说，但是当她摸鞋的时候，手指在上面留下了温暖的印记。"我觉得很热。"她小声说。妈妈小心地把所有东西放在一起。

"好像他这样一件件地买来东西是要给一个自己不敢给的人。"她看着伊莱说。"他把东西在箱子里放了这么久。"她又把东西像以前一样放到了箱子里。"现在咱们来看看隔间里放的什么。"她一边说，一边小心地把盖子打开，似乎要让伊莱看什么极其漂亮的东西。

伊莱看时，首先看到的是一个很宽的腰带扣，然后是系在一起的两枚金戒指和一本用天鹅绒和银扣包起来的圣歌书。但是她再也没看到别的。因为在书的银牌上刻着几个小字:"伊莱—巴德尔姿达特尔·伯恩。"

妈妈希望伊莱能看到点别的,但是却没得到答案,只看到一滴滴的眼泪滚落在丝绸围巾上,又向四处散开。她将手里拿着的斯尔吉①放下,盖上盖子,转身将伊莱拉到自己身边。就这样,伊莱依偎在妈妈的胸前抽泣着,妈妈靠在她的肩膀上哭着,谁也没说一句话。

不久之后,伊莱一个人在花园里散步,妈妈在厨房为晚餐准备好吃的;因为阿恩很快就要回家了。然后她去公园找伊莱,而伊莱当时正用棍子在沙滩上写名字。当她看到玛吉特时,她用沙子将名字盖了起来,抬头微笑着。但其实她一直在哭。

"没什么可哭的,孩子。"玛吉特一边说,一边疼爱地抚摸着她。"晚饭做好了,阿恩也回来了。"她补充着,这时一个黑影出现在灌木间的大路上。

伊莱快速进到屋里,妈妈跟在后面。晚餐桌上精美地摆放着干肉、蛋糕和奶油粥。但是伊莱连看都没看,径直走到靠近钟表的一个角落,坐在靠墙的一把椅子上,为听到的每一个声音而颤抖着。妈妈站在桌边。她们听到石板上坚实的脚步声和过道上轻而急促的脚步声。随后门被轻轻地打开了,阿恩走了进来。他看

---

① 斯尔吉:挪威人佩戴的一种特殊的胸针。

见的第一个人就是坐在角落里的伊莱。他站在门口，一动也不动。这使伊莱更加感到困惑。她站了起来，随后又因为自己站起来而懊悔，所以转到一边面对着墙。

"你在这儿?"阿恩问，脸变得通红。

她把一只手挡在脸前，好像阳光晃到了眼睛。

"你怎么来这儿的?"他一边问，一边向前走了几步。

她又把手放了下来，稍稍转向了他点，但却低头痛哭了起来。

"你怎么哭了，伊莱?"他一边问，一边跑向她。她没回答，却哭得更厉害了。

"愿上帝保佑你，伊莱!"他说，用胳膊抱着她。她将头抵着阿恩的胸膛。阿恩小声地对她说着什么，她却没回答，而是用手环住了他的脖子。

他们就这样站了很久，这时除了远处瀑布传来的微弱却永久的警告声外，什么也听不见。然后他们听到有人在饭桌旁抽泣。阿恩抬起头来，是妈妈。但直到那时他才注意到妈妈。"阿恩，现在我确定你不会再离开我了。"她一边说，一边向阿恩走来。她哭得很厉害，但她说这是幸福的泪水。

后来他们吃完饭和妈妈说再见后，伊莱和阿恩一起并肩走在去牧师家的路上。这是一个安静的夏夜，万物似乎聚拢在一起，恐惧般地窃窃私语着什么。即使阿恩小时候就已经习惯这样的夜晚,但是他很奇怪地感觉自己受到了他们的影响,似乎期待着什么事的发生。这儿有光亮,却没有生命。天空经常被染成血红色,在苍白的云朵间就像是在注视着的眼睛。其中一个人似乎听到了周围的低语声,但这只是来自他过度兴奋的脑袋。人类萎缩着,感觉到了自己的微小,想到了自己心中的上帝。

一起走着的那两个人紧挨着对方,他们觉得自己太幸福了,害怕有人会把这种幸福夺走。

"我真的没法相信。"阿恩说。

"我也这么觉得。"伊莱说,梦境般地看着眼前的一切。

"但这却是真的。"他对每个字都加重语气地说着,"现在我不再是只能想,起码我做了件事。"

他停顿了会儿,然后哈哈大笑起来,但是并不开心。"不,不是我做的,是妈妈做的。"

他似乎继续着这种想法,因为过了一会儿他说:"直到今天,我都什么也没做,没有做任何事。我一直在观望,在聆听。"

他就这样又想了会儿,然后热情地说:"感谢上帝能让我以这样的方式经历这件事……现在人们不会看到很多他们本不应该看到的事情了……"过了一会儿,他又补充说:"但是如果没人帮助我的话,我可能会一直这么过下去。"然后他沉默了。

"你觉得爸爸会怎么说,亲爱的?"伊莱问,她刚才一直忙着自己的心思。

"明天一大早我就去伯恩。"阿恩说,"不管怎样,我都应该亲自去。"他补充着，同时决定以后要快乐、要勇敢，再也不去想那些伤心的事了。不，再也不想了。"伊莱，是你在坚果林里发现我的歌曲的吗？"她大笑起来。"而且你也把我谱的曲学会了。"

"我用的是适合那个歌词的。"她低着头说。他高兴地笑着，将脸抵向伊莱的脸。

"但是你不知道另一首歌？"

"哪一首？"她抬头问……

"伊莱……我说了你不能生气……但是今年春天的一天……是的，我也没办法，我听到你在牧师家的山上唱歌。"

她脸红地低下了头。但是之后又哈哈大笑。"但是，至少我没做错呀。"她说。

"什么意思？"

"呃，不是我的错，是你妈妈的……呃，有一次……"

"不，现在告诉我吧。"

她不说。然后他停下来，大声说："你肯定没在楼上？"他是如此的伤心，以至于伊莱感到很害怕，又低下了头。

"妈妈可能发现那个小箱子上的钥匙了吗？"他以温柔的语气补充道。

她犹豫了会儿，抬头微笑着，似乎只是为了抑制住眼泪。这时，阿恩用胳膊围住伊莱的脖子，让她更靠近自己。他颤抖着，眼前火光闪现，头烧得滚烫，他屈身向她，嘴唇探索着她的唇，但却没能找到。他吃惊地收回自己的胳膊,转向一边,不敢看伊莱。天空中的云彩变成了各种各样奇怪的形状,他们正前方的那块云好像一只用后腿站立的有着巨角的山羊。有的像头发凌乱的老妇人的鼻子,有的像斜着放的一个大块头的图片,图片突然被撕裂了……但是在那边高高的山上,天空蔚蓝,万里无云。悬崖忧郁地站立在那儿,下面的湖水静静地流淌着,因没有阳光和月光的照射而显得苍白和朦胧。但是森林却是伟岸的,像以前一样满含爱意。鸟儿在半睡半醒中叫着,回应声时不时地从杂树丛中传来。但是周围没有任何的危险迹象,所以它们又进入了梦乡……四周是一片寂静。阿恩感觉幸福在这个夜晚降临到他的头上。

"伟大而万能的上帝呀!"他说,声音小得只有自己能听见。他双手紧握着,为了不让伊莱看见,向前走了走。

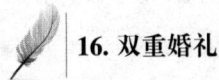 **16. 双重婚礼**

收获也接近尾声,人们在运玉米。这是一个晴天,前一天晚上和清晨下了点雨,但是现在夏天的空气清新而温和。虽然是星期六,但是有很多船正在黑水河上向教堂驶去。男士们穿着衬衣,坐着划船;而女士们头上包着浅色的围巾坐在船尾和船首。但是更多的船向伯恩驶去,准备抢占自己的位置,因为今天巴德·伯恩要为女儿伊莱和阿恩·尼尔斯·坎本举行婚礼。

门全开着,人们在进进出出,孩子们手拿着蛋糕,因自己穿的新衣服而感到局促不安,远远地看着对方。一位老妇人孤独地坐在储藏室的台阶上抽泣着。那是玛吉特·坎本。她戴着一个很大的金戒指，戒指的上面又系着几个小戒指，她时不时地看看它们。尼尔斯在他们婚礼的当天把这些戒指送给了她，但她从来没戴过。

宴会的主办者和两个年轻的男傧相——牧师的儿子和伊莱的弟弟——在屋内为到来的客人提供点心。楼上伊莱的房间里有牧师夫人、新娘和玛蒂尔德。玛蒂尔德从镇上回来，穿上伴娘服和饰品，因为她们小时候就是这样约定的。阿恩穿着一套制作精良的西服、大圆黑帽子和伊莱亲手做的领圈。他在楼下的一个房间里，站在伊莱写下"阿恩"的窗户前。他依靠着窗台，看着平静的湖水以及远处的海湾和教堂。

在外面走廊上，两个人在做完自己的本职工作后碰在了一起。其中一个刚从岸上的踏脚石安排教堂船回来。他穿着一件制作精良的黑圆上衣、蓝色的绒裤，裤子上的染料把手染得都是蓝色。他的白色衣领与英俊的脸庞和长长的浅色头发很相配。高高的前额带着一丝镇静。嘴角露出平静的微笑。那是巴德。他遇见的那个人刚刚从厨房出来，穿好衣服正要去教堂。她长得又高又直，虽很匆忙但却迈着坚定的步伐从门口走过。遇到巴德时，她停了下来。嘴撇向一边。这是波吉特，巴德的妻子。两个人都有话要跟对方说，但都没有找到合适的字眼。巴德比她更不好意思，一直微笑着，最后转向楼梯。一边上楼一边说："你可能也来吧。"她跟着走上楼。楼上没有别人，只有他们俩。但是巴德随手锁上了门，沉默了很长时间。当他最后转过身来的时候，波吉特正站着向窗外望去，可能是为了避免房间内的注视。巴德从上衣口袋里拿出一个小银杯和一小瓶酒，并为她倒了一些，但她却没有拿，尽管他已经说了这是牧师送给他们的酒。然后他自己喝了起来，一边喝一边又给了她几次。他塞上瓶盖，连同杯子一起放到了口袋里，然后坐到箱子上。

他做了几次深呼吸，低着头说："我今天很开心，觉得自己必须和你开诚布公地谈谈。我很久没这么做了。"

波吉特站在那儿，一只手依着窗台。巴德继续说："今天我一直在想裁缝师尼尔斯。他让我们俩分开。我曾想过我们的婚礼后，他的影响就会消失，但却远远不是这样。今天他的儿子——既有教养又英俊——就要进入我们家。我们要把唯一的女儿嫁给他。如果现在我们能再举行一次婚礼，让我们再也不要分开，你觉得怎么样？"

他的声音颤抖着，咳嗽了几下。波吉特把头倚在胳膊上，却什么也没说。巴德等了很长时间，但却没能等到答复。而他自己再也没什么可说的。他抬起头，脸色变得越来越苍白。因为波吉特甚至都没扭头。然后他站了起来。

就在这时，门口传来了轻轻的敲门声。一个温柔的声音问："妈妈，您现在要来吗？"说话的是伊莱。波吉特抬起头，看向门口。她看到巴德苍白的脸。"妈妈，您现在要来吗？"伊莱又问道。

"嗯，我就来。"波吉特以嘶哑破裂的声音答道，同时把手交给巴德，突然痛哭了起来。

  两只手交织在一起。虽然都显得很苍白，但是他们的手紧紧交织在一起，似乎他们找对方找了二十年。巴德和波吉特就这样双手紧握着向门口走去。之后，当结婚的队伍来到岸边的踏脚石时，阿恩向伊莱伸出了自己的手。巴德看着他们，虽然不合传统但却拉着波吉特的手，甜美微笑着跟在他们的后面。

  但是玛吉特·坎本却孤独地走在他们后面。

  巴德那天真的是太高兴了。当他和舵手们交谈时，其中一个舵手一边坐着看向身后的山脉，一边说即使陡峭的悬崖也能被绿色所覆盖，真是太奇怪了。"啊，不管是不是想要这样，他都必须是这样的。"巴德一边说，一边看向结婚的队伍，直到眼睛停留在那对新人和自己的妻子身上。

  "二十年前谁又能预知这一切呢？"他说。